殺人予告

安東能明

朝日文庫

本書は二〇一〇年九月に小社・朝日文庫より刊行されたものの新装版です。この作品はフィクションであり、実在する人物・団体等とは一切関係がありません。

殺人予告

プロローグ

エレベーターは少女ひとりを乗せて、ゆっくりと上昇していた。各階のボタンが下から上にむかって、ひとつずつ点灯していく。五階のボタンが黄色く灯るのを目にして、反射的に手が伸びてしまった。

いけない、今日は関係ないのに。

そっと、手を元にもどした。エレベーターは上昇をつづける。

土曜日のせいだろうか、ビルの玄関で若い看護師とすれちがっただけだ。あれは、一階にある内科クリニックに勤めている人なんだろうな。ビルに入ってから、ほかに人の姿は見なかった。

壁の鏡をふりかえり、そこに映る自分の姿を見つめた。

紺のショートダッフルコートに、茶色のコットンパンツ。まるで別人のような気がして、顔をそらした。

上昇するスピードがゆるくなった。八階のところで、ごとりと音をたててエレベーターが止まった。さあ、降りてと誘うように、扉が開いた。

少女は、どろんとした空気が漂う廊下に踏み出した。

突き当たりまで歩いて左に曲がる。トイレの前を通りすぎて、ふたたび同じ方向に折れると、薄暗い中に狭い階段が現れた。

少しのあいだ立ち止まってから、一段目に足をかける。手すりにつかまるとほこりの感触を覚えた。

ズボンのポケットに入れてあるものがずれて、腿の外側がちくりとした。

足が重くて、思うように上ることができない。まるで、自分の身体ではないみたいな気がする。

とにかく、階段を上りきらないことには、屋上に出ることはできない。

……本当にできるのだろうか。

階段を上るというだけの行為に、不安をかきたてられた。

手すりから手を離した。踊り場まで、一段ずつ踏みしめるように上がる。階段はそこから、反対方向へ向きを変える。明かりが届かなくなり、暗さが増した。

どうにか、上りきることができた。ほんの少し身体を動かしただけなのに、息が苦しくて仕方なかった。目の前に分厚い鉄扉《てっぴ》がある。ドアノブについたロックを外すと、思いがけない音が響いた。

気づく人などいない。

ノブを回し全体重をあずけるようにして、扉を押し開けた。

明るい光の中に、おそるおそる立ってみた。空一面が鱗雲《うろこぐも》でおおわれていた。風はほとんど吹いていない。寒さは感じなかった。まるで、皮膚の感覚が失われてしまったようだった。

少女はゆっくりと歩きだした。屋上を囲んでいる鉄製のフェンスまで、ひどく遠く感じた。夕べから今朝まで、ずっと考えてきたことが一度に押し寄せてきた。

もう、これしかないよね。

どう考えても、これから先、自分が生きていける道はない。

もう、やることは決まっている。

なのに、胸元あたりまであるフェンスが、なかなか乗り越えられなかった。

身体を横に倒して、どうにかクリアできた。そこから先は、五十センチほどのコンクリートが庇《ひさし》のように突き出ているだけだ。

息を深く吸い込む。目の前に連なるビル街が、土でできた壁のように見える。

そっと頭を出して、下をのぞきこむ。

ひっきりなしに車が通る車道が見える。歩道など目に入らなかった。

こんなものだろうか。

あまり高さを感じない。このまま、飛び降りても、何も起こらない。

そう感じた。でも、実際はちがうんだろうな。

ズボンのポケットから、それをとりだす。

細長いタクト。

もう、お別れだね。二度と使うことなどないし。

両手で端をつかみ、ぐいと曲げると、真ん中で棒はまっぷたつに折れた。

あっけないものだ。やはり行くしかないのだろうな。きっと、わたしにそうサインをくれたんだ。

少女はもう一度、下をのぞいてから、顔を正面のビルにむけた。

できる、わたしには。

飛ぶことが。

一歩、前に踏み込むと、ふわりと身体が宙に浮いた。それは、ほんの一瞬のことだった。

少女の身体には猛烈な重力が働き、吸い込まれるように真下にむかって落ちていった。

少女のいなくなったそこに、折れたタクトがぽつんと取り残されていた。

1

「一面、行くか」

　司会役の編集局長補佐の声に、立ったまま身体が硬直した。

人材派遣ゴールドコム社　自由党代議士にヤミ献金

　まだ見ぬ一面トップの見出しが頭の中で発火した。

　人材派遣業界最大手から、代議士の宮瀬茂信が一億円もの簿外献金を受けていた。宮瀬がゴールドコム社に有利な国会質問をする見返りとして、三年あまりにわたってつづけられた醜悪な蜜月。それをメスで切り開いた特ダネだ。末尾に〝社会部特命班〟の署名。このことが公になれば、国会は蜂の巣をつついたような大騒ぎになる。

──入ってくれ。

祈るような気持ちで壁時計を見やった。

四月十九日月曜日、午後四時五十五分。デスク会議がはじまって、三十分近く経過していた。編集局長を筆頭に長テーブルを囲んで、政治、経済、社会をはじめとする当番デスクが顔をそろえている。ざっと十六名。

岩田修一郎はカラカラに渇いた喉《のど》に、唾《つば》を落とした。四十三歳。去年の九月、社会部特命班キャップとして東京本社に返り咲いた。あずかった部下は問題児ぞろいだった。年明けから三カ月、手垢のついた人派《じんぱ》業界にもぐりこみ、ネタを取った。裏づけをとるため特命班全員で駆けぬけ、からくりを解き明かして今日という日を迎えた。

長テーブルのど真ん中で編集局長の尾形が椅子に深くはまりこんでいる。ぬるぬるしてつかみどころがなく、じっと沈潜し、下りてきたネタをひと呑みする様は、〝アンコウ〟だ。

岩田は五人おいてすわる政治部デスクの勝又の様子をうかがった。今週に限って、奴が当番デスクとは忌々《いまいま》しい。アンコウの茶坊主。四十八歳。歴代首相の裏懇談を取りしきり、デスクに上がってきた。半白の髪のくせに、赤くてらてら輝いた面長の顔が不釣り合いで目だけが生々しい。会議がはじまって以来、何度かその視線が自分にむけられるのを感じたが、岩田は気づかないふりをしていた。政治部は決して政治家のスキャンダルを暴かない。政治家は身内なのだ。ましてや、宮瀬は政権与党の自由党で幹事長を歴任した党の看板だ。自由党は四十年間、ずっと政権をになってきたが、ここにきて野党第一党の民政党と人気が逆転した。次の総選挙では下野するというのが常識になりかけている。

「社会部の特ダネ、ご説明願えますか」

司会の声に応じて、岩田の前にすわる社会部デスクの三宅《みやけ》富夫が口を開いた。「うちの特命班から説明させます、岩田」

整理部にさえ出稿していないネタだけに、全員の好奇の目が自分にむけられるのを感じた。岩田は立ったまま、三分間、口頭で記事の説明をした。

「なんだとう……」説明が終わらぬうちに、勝又が声を上げた。「どこから仕入れたネタなんだっ」

「相手筋の企業ですが、名前は言えません」

それを口にしてしまえば、永田町にいる政治部の記者が一斉に動く。いや、宮瀬の名前を出したその瞬間から、国会記者会館は色めき立つ。

「紙面さんにはどうして言わなかったんだ。仁義を切れ、仁義を」

勝又は怒りの矛先《ほこさき》をどこにむけていいのか、わからない様子で声を荒らげた。

毎日、午後四時半から行われるデスク会議は、前もって紙面委員が社会部をはじめとする、政治部、経済部など、八つの当番デスクを回る。当番デスクはそのとき、ネタとともにざっくばらんな希望を伝えるのが習わしだ。今回、ネタそのものは伏せて、一面トップを希望するネタがあるとだけ三宅は伝えていた。その三宅にしたがって、ふだん入室しない岩田がデスク会議に姿を見せたときから、勝又は胡散臭《うさんくさ》さを嗅ぎとっていたのだ。

「ネタ元はどこのどいつだ？　確度はあるのか？」

矢継ぎ早に勝又は訊いてくる。

「まちがいありません。今日の晩、社長の側近だった人間と会って当たりをつけます」

勝又の目が大きく見開かれた。

「ま……まだ、当たってないのか、それで、明日の一面だと。ふざけるのもいい加減にしろ」

どんと勝又が机を叩いた。

衆目《しゅうもく》の前で政治部の面目をつぶされた。火のような内憤が、電気が伝わるように岩田まで届いた。しかし、四人の部下はどこの記者クラブにも属さず、闘ってきた。口が裂けてもネタ元の名前は言えない。

ゴールドコム社は去年の暮れ、ちょっとした内紛があった。そのとき、ひっそりと秘書課長の黒谷章雄《くろたにあきお》が社を去った。ネタ元はその黒谷だ。しかし、今日に限って、黒谷は杉並の高円寺にある自宅から一歩も外に出てこない。

おちつかない人間が増えるなか、ひとり悠然と構えているのは整理部一面担当デスクの金森だ。肩から吊したズボンバンドが伸び、糊のきいたストライプのワイシャツに、カフスボタンが燦然《さんぜん》と光っている。どれほど良いネタを引いてきても、その鶴の一声で紙面から吹き飛ぶ。日刊八百万部に及ぶ東邦新聞の顔となる一面を作る。整理部一筋三十年。人呼んで〝陛下〟。一介の記者はおろか、デスクさえ消し飛ばしてしまう権力者。その、陛下が大型プロジェクターを見ながら、平然と口を開いた。

「経済部のトップネタはどうだ？　永和相互銀行と三倉銀行の合併。こっちもでかいな」

「まあ、それはそれです」

余裕たっぷりの表情で、背広姿の上村が答えた。事件ばかり追いかける社会部記者を見下すしか能のない経済部デスクだ。

上村の受け持つ記事はすでに出稿され、見出しから記事内容まで、あますところなくプロジェクターに映しだされている。五十行。両行頭取の顔写真《ガンクビ》もカラーできちんと左右、互いをむいている。

勝又も口を閉ざすなか、にんまりと笑みを浮かべた陛下の顔が岩田をむいた。「当たりがつくまで、おあずけだな」

逆らうつもりなら、顔を洗って出直してこい。陛下の顔にはそう書いてある。となりにすわるアンコウの頬がむくむくと盛り上がった。こちらも同様か。いや、もっと悪い。……つぶす気か。

「待ってください……」

言いかけたところで、上司の三宅の手がすっと伸びて、岩田のひざ頭に吸いついた。

自制しろ。

いや、できない。明日の一面はなにがなんでもぶんどる。

そのとき、テーブルの電話が鳴った。内線電話だった。とった編集局長補佐が岩田の顔を見やり、とがった顎《あご》を突きだした。

岩田は手近にある電話をひきよせ、受話器を耳にはりつけた。

同じ特命班の紅一点、〝お玲〟こと立花玲子《たちばなれいこ》からだった。

こんなときに。

「キャップにお電話です」

岩田は半身《はんみ》になり、かがんで声を低めた。「あとにしろ」

「それが、どうしても、というものですから」

お玲は帰国子女で、英仏独の三カ国語を自在に操る。いちばん心許《こころもと》ないのは日本語だ。

「だれだ？」

「受付台から回ってきました……お名乗りしてもらえなくて」

こんな時間、代表電話に名指しでかけてくる奴はだれなのだ。

「わかった、回せ」

受話器を耳にあてたまま、相手の声を待ち受ける。

うんともすんとも聞こえない。

「もしもし」

呼びかけてみるが、いっこうに応答する気配がない。

低い息づかいがつたわってきていた。

「どちらさん？　用がないなら切るよ」

受話器をおこうとしたそのとき、

「岩田さん？」

と妙に親しげな節まわしで呼びかけられた。

「そうだが、どちら？　おたくは」

「お……おれだよ」

呼びかけようとしたとき、相手は激しく咳《せ》きこんだ。

しずまるのを待っていると、気味の悪い言葉がつたわってきた。

岩田は腕に生えている毛が、静電気が起きたみたいに、すっと立ったような気がした。

殺す……。

たしかに、電話のむこうにいる男は、そう言った。

岩田は受話器を強く握りなおした。

「あのさ、あのさ……」喉を締めつけられているような声がつづく。「おれ、殺しちゃいそう……きっと、な、な」

「おい、イタズラならよそでやってくれ」

つい大声になり、会議室にいた全員の視線が岩田に集まった。

「待てよ、岩田さーん……おれだってばよぅ」唸《うな》るように男は言った。「おれ、人、殺《や》っちゃうかもしれねぇ」

おまえだれなんだ、と呼びかけようとしたとき、岩田の脳裏に小さな明かりがともった。もしかしたら、こいつ。

「高津か？」

その名前を出すと、ねっとりした声で電話の主が答えた。

「ああ、おれ」

混乱する頭の中で、岩田は必死になって記憶をまさぐった。

あの高津なのか？　もし、そうならどうして電話などかけてくる？　まだ、刑務所にいるのではないか。あれから、四年……いや五年しかたっていないはずだ。しかし、この自分に何用があるというのか。

岩田はいまの状況を把握しようとつとめた。

もし高津が娑婆《しゃば》にもどってきているなら、この自分に電話をかけてくる道理はある。いや……この自分しか、相手にする人間はいないと高津は勝手に思いこんでいる。そうにちがいない。

しかし、開口いちばん、〝人を殺す〟では返事のしようがないではないか。

アクリル板越しにはじめて相まみえた高津省吾《しょうご》の顔が、ありありと浮かんだ。当時三十五歳。色の悪い歯ぐきを露《あら》わにして、意味のわからぬ顔のゆがめ方をした、あのときの顔。

――人を殺してしまうから、死刑になりたい……。

「なあ高津」岩田はありったけのやさしさをこめて語りかけた。「いまどこにいる？」

「い……いのかしら」

「井《い》の頭《かしら》……公園か？」

「たぶん、そこ」

たぶんとはどういうことだ。

「近くに人は？　もし、いたらその人から離れてくれないかな」

「人……殺す奴？」

岩田は胃のあたりがぎゅっとちぢこまった。猶予はならないと岩田は悟った。井の頭公園なら隅から隅まで知っている。以前住んでいた社宅が近くにあったからだ。

「これからそっちに行く。四十分で行けると思う。待っていてくれるか？　弁財天のある池のほとりで会おう」

「べんざいてん?」

「とにかく、池をめざして歩け。赤い建物が立っているから」

「殺す奴……殺す……」

岩田はまるで言葉の通じない赤ん坊と会話をしているような、絶望的な気分に落とし込まれた。

「なあ、高津、そこからなにが見える?」

「ほたる……」

そのとき、岩田の耳になつかしい鐘の音が聞こえた。

この音は知っている……。岩田は腕時計に目をやった。

午後五時ちょうど。

ナザレ修道院の鐘にまちがいない。

ぷつんと通話が途切れた。

「おい、聞こえるかっ、高津、返事しろ」

だめだ、一方的に通話を切られた。

そっと受話器をおく。まったく場違いな電話だったことに、部屋にいる全員が気づいていた。

「岩田、高津ってだれだ?」口をひき結んでいたアンコウが声高に言った。

「ネタとは無関係の人間です。あとは頼みます」

原稿も写真も社会部デスクの三宅の手元にある。自分にできることはすべてやった。あとはアンコウの腹ひとつだ。

岩田は深々とお辞儀をして、部屋を横切った。なじるような目線の束が岩田に突き刺さる。政治家の一スキャンダルよりも、優先させられることはある。なにより、この自分しか動ける人間はいない。

「てめえ、敵前逃亡か」

アンコウの怒号をふりはらうように会議室を出た。

好きにしろ。

胸の内で吐いた。

この時間帯、車では時間がかかりすぎる。電車なら吉祥寺まで二十五分。

エレベーターに飛び乗った。一階まで降りて配車センターから外に出る。ずらりと並んだ黒塗りの列から、一台のハイヤーが飛びだして目の前にとまった。岩田は後部座席に身を滑りこませた。

「悪いが神田駅までやってくれ」

東邦新聞本社は東京、大手町の〝新聞村〟から外堀通りをへだてた内神田にある。

「わかりました、南口でいいですか？」

「たのむ」

復唱すると、運転手は勢いよくアクセルを踏みつけた。

2

東京発高尾行き中央快速は、高円寺をすぎた。

『おれ、人、殺っちゃうかもしれねぇ』

高津の吐いた言葉が、岩田の中で少しずつ現実味を帯びてきていた。冗談であんなことを口にする男ではない。警察へ通報することも考えたが、とても信じてはもらえないだろう。ピンク色に染まりだした西の空を見て、岩田は現実にひきもどされた。あれは五年前、横浜支局時代、自分の署名入りで書いた最後の記事だった。題して、〈こころの闇――抑えきれぬ殺人衝動〉。

春先の昼下がり、これといった事件事故はなかった。県警本部の帰り、横浜地裁に立ち寄った。午後三時、玄関ホールは閑散としていた。ボードに張り出された開廷表をながめていると、刑事第二部のところに妙なものを見つけた。

〈401号法廷　事件番号　1578
傷害致死　被告人　高津省吾　15時〜16時半　審理〉

気になったのは事件番号の年度だ。足かけ三年がかりの事件であり、しかも審理扱い。地裁が受け持つ刑事事件で、これほど長期にわたる裁判など聞いたことがない。

狐につままれた気分で法廷に足を踏み入れた。すでに審理ははじまっていた。記者席は空だった。傍聴席の最後列にぽつんと四十前後の女がすわっている。あとでわかったことだが、それは高津省吾の姉だった。

法廷には奇妙な空気が流れていた。ひな壇にいる裁判官たちは書類をめくり、小声で話しあっている。検察官やその対面にいる弁護士たちも、同様だ。緊迫した気配は少しもない。

「ええと、待ってくださいよ……今回の公判も被告の主たる訴えは、『人を殺してしまうから、ぼくを死刑にしてほしい』ということですね？」

でっぷりした五十がらみの裁判長が、ようやく顔を上げて言った。

「そうですが……」

弁護士が答えた。

「それは被告の心情でしょ。今回の司法鑑定では、犯行時は心神耗弱《こうじゃく》状態ではないとはっきり書かれているよ」

裁判長は、弁護人をにらみつけるように言い放った。

岩田は被告席にすわる男に目をやった。灰色のジャージに坊主頭の生白い顔。頭ごしにやりとりされている弁論に、まったく関心をしめさない。それがはじめて見る高津省吾だった。

「被告人にお訊きします」ふたたび裁判長が言った。「いまでも、死刑にしてほしいと思ってるの？」

高津はうつむいたまま、答えない。

「弱ったなあ」裁判長がさじを投げるように言った。「弁護人の意見は？」

「弁護人としては、やはり、再度の鑑定をお願いしたいと思量しておりますけれども」

「ええ、また？　鑑定期間が長かったし、正確なんじゃない？　とにかく、もうちょっと整理してきてくれないかなあ。これじゃあ、さっぱり進まないよ」

岩田は聞いていて、胸がざわついてきた。目の当たりにしている光景に、闇が隠されているような気がしてきた。幸いなことに報道各社は一社もきていない。……もしかすると、これは特ダネになるかもしれない。

閉廷後、廊下でつかまえた担当弁護士から、事件のあらましを聞いた。

高津は神奈川県横浜市瀬谷区生まれの三十五歳。おととしの二月十五日、高津省吾は瀬谷区三《み》ツ境《きょう》にあるホームセンターのガードマンと口論になり、相手を見境なく殴った。ガードマンは意識不明の重体におちいり、内臓破裂で死亡した。傷害や放火で前科三犯。取り調べや法廷で、高津は釈明をいっさいせず、罪を認めた。

法廷の混乱ぶりに加えて、『死刑にしてください』という高津の言葉が耳についてはなれなかった。担当弁護士と連絡を取りあい、家族への取材を重ねた。高津は自分の半生と犯行に至るまでの手記を書いている。そのコピーを岩田は手に入れ、高津と面会するため、横浜拘置支所に足繁く通った。

警察官だった父と専業主婦だった母親の間に高津省吾は生まれた。三つ歳の離れた姉がいた。父親から激しい虐待を受けて、中学生になると、みずからも暴力の魔力にとりつかれた。喧嘩相手を半殺しにするのは日常茶飯。一度結婚したことがあるが、このときも暴力が原因で別れた。そのあとも、酒におぼれ、再び覚醒剤に手を出すようになった。

警官の制服を見ると、つい興奮してしまい、自分でも制御できない暴力的な衝動に支配される。こんな自分だから、もうどうにもならない。どうか、死刑にしてほしい……。面会するたび、岩田にむかって高津は哀願した。

同じ年の六月に開かれた法廷では、犯行時の責任能力はありとされ、懲役五年が言い渡されたのだ。刑は自然確定し、あっさりと府中刑務所に収監されてしまった。

岩田は面食らった。府中刑務所は犯罪傾向の進んだ受刑者を収容する刑務所だ。そんなところに高津のような人間を送り込めばこの先どうなるのか。目に見えていた。高津の精神状態は改善されないばかりか、深刻さを増すだけだ。

たまりにたまった矛盾を広く知らしめるため、その年の暮れ、三回に分けて、〈こころの闇――抑えきれぬ殺人衝動〉という物騒なタイトルをつけ、夕刊全国紙の署名入り特集記事にした。このまま出所した日には、ふたたび同じ犯罪をくりかえすことになりかねないと締めくくった。

まさか、それが現実になろうとは。

岩田が東京本社を追い出されたのは、八年前の春。やれワシントン支局だの、部間交流で経済部へ出向だのと、同期の連中が出世戦争の基礎固めに躍起になる時期だった。岩田にも北京支局異動の打診があった。断ると山梨支局へ飛ばされた。そこからふたつの支局を歩かされた。前編集局長の平光忠《ひらみつただし》から声がかかったのは、横浜支局にいた去年の夏だ。二軍落ちの記者の面倒をみてくれないか。一も二もなく承知して本社に返り咲いた。

社会部特命班は当初、総勢七人いた。

同期の連中が遠目で見守るなか、岩田は街ネタ専門に追いかけた。特ダネを二度、ものにした。局長賞も二度、部下が手にした。岩田の飯場は活きがいい。そんな声が岩田の耳にも届いた。しかし、この春、平光が社長室長へ異動し、アンコウこと尾形昌巳が編集局長に着任すると情勢が変わった。七名いた記者は五人にけずられた。九月を待たず、社会部特命班は解散という噂が飛びかっている。そうはさせない。

電車はゆっくりと吉祥寺駅に滑りこんだ。大勢の乗客にまじって、制服警官の姿があちこちに見えた。どの顔も緊張していた。明らかに何者かを捜している様子がうかがえた。

人の波をかきわけるように、前に進んだ。

岩田は高津の顔をあらためて思い出した。

――ほたる。

高津が最後に洩らした言葉が岩田の頭の中でともった。

春たけなわのこの時期に、ほたるなど飛んでいるはずがない。

3

井の頭通りから公園へ抜ける道は、すべて遮断線が張られていた。すっかり日がかたむいていた。

十メートルおきに警官が立っている。何人《なんぴと》も公園内には立ちいらせない警戒ぶりだ。すっと立木の間に身を入れ、そのまま、公園側に身をふった。

冷たい風が紅潮した頬に当たる。

一般人はすべて追い出され、警官の姿ばかりが目につく。物々しい。もしかして、多人数が事件に巻きこまれた？

警官に見とがめられる寸前のところで、遮断テープをくぐり抜ける。公衆便所らしき建物には、さらに、二重の遮断線が引かれ、四隅に警官が立番している。注意深く、木立の間を抜ける。小道に出た。

一メートルほどの高さの鉄柵が左右に延びている。柵のむこう側は、さほど深くない谷になっていた。それが玉川上水であることに、岩田はようやく気がついた。

すぐ先にある小橋の近くで、懐中電灯の明かりが幾筋も動いている。その光の合わさったあたりに、人だかりがしていた。鉄柵にそって、身をかがめながら、用心深く進んだ。

懐中電灯の明かりが交錯する場所を、斜め前方から見下ろせる格好の位置に着いた。谷は四メートルほどの深さがある。幅は七メートル足らず。そこに小さな橋がかかり、その下にか細い上水の流れがあった。

懐中電灯の明かりが橋のたもとを照らした。鋳鉄《ちゆうてつ》でできたプレートを見て、岩田は足がすくんだ。

〝ほたる橋〟

高津の言った〝ほたる〟とはこのことか――。

橋の下から、岩田のいるあたりまで、谷底には平地が出っぱっていた。枯れ葉がうずたかく積もったそこに、制服警官が五人ほど立っていた。懐中電灯の明かりが照らしだすその足元に、同じ制服を身につけた人間があおむけに横たわっている。ぴくりとも動かない。

倒れているのは警官の死体だった。それを見下ろしているのも、同じ警官。事件が発生してどれくらいの時間が経過しているのかわからない。実況見分も鑑識活動もすべて終わり、死体を運ぶ車を待っているとしか思えない。捜査一課や機動捜査隊の腕章を巻いた刑事たちが、遠巻きにのぞきこんでいるだけだ。

あの警官はどうしてあのような場所で倒れているのか。

……もしや、高津が。

立っている警官のひとりに、懐中電灯の明かりが当たった。金色線が二本入った制帽が目にとまった。胸に銀色の副署長記章がほんの一瞬、光った。ここの管轄は、副署長まで臨場するのか。

「よしよし、そっと上げろよ、そっと」

男の声がして、ロープが柵の上から投げこまれた。

倒れている警官にロープがゆわえつけられると、橋のたもとにいる警官たちが五人がかりで引っ張り上げた。懐中電灯の明かりが死体に当たる。そのとき、警官の腹部に広がるシミに気づいた。

どす黒いものが、首もとまで広がっている。血だ。

岩田はバッグからカメラをとりだしていた。

枯れ葉を踏みしめる音が八方からしたかと思うと、複数の人間の手がからみついてきた。気がついたときには、岩田はその場で組み伏せられていた。膝立ちのまま後頭部の髪をつかまれると、岩田の広い額と鷲鼻《わしばな》が懐中電灯の明かりに照らしだされた。一七五センチある身の丈は、暗がりからのぞきこむ男たちによって動きを完全に封じられていた。

「ぬけがけはだめだろぅ」

警官たちの間から、コートを着た私服の刑事らしき男が現れた。

半白髪のこわい髪をうしろになでつけ、ひっこんだ目が岩田をにらみつけていた。警視庁捜査一課の管理官、奥寺宏三《こうぞう》。五十四歳。

「そいつはいい。記者だ」

奥寺の一声で、岩田は拘束を解かれた。両脇の警官が離れていった。入れかわるように奥寺が横についた。

「キャップじきじき、しかも検問を強行突破して現場にお出ましとは、どういう風のふきまわしなんだ?」

「申し訳ない」

「ひとりか?」

「見てのとおりです」

「本社に帰って来たそうじゃないか」

「去年の九月に」

「顔、見せないからどうしてたかと思ったが」

「桜田門は遠くなってしまって」

「そう嫌うな。たまには茶でも飲みに来い。そういや、翔太《しょうた》君、今年、中学だろ？」

「おかげさまで」

「もちろん、私立だろ？　うちのと出来がちがうから。それにしても、早いものだな……」

4

奥寺と〝駆けっこ〟をしたのは、岩田が二十八になった春。東京本社社会部に引きあげられ、警視庁記者クラブに配属された年だ。その頃、すでに捜査一課の奥寺宏三の名前は記者の間で有名だった。仕事はだれよりもできるが、決して〝落ちない〟刑事だと。実際、とある殺人事件が発生して、夜討ちをかけてみてわかった。

奥寺の自宅は拝島《はいじま》駅の真西二キロにある一軒家だった。夜十時、拝島駅で待ち伏せしていると、自転車置き場に奥寺が現れた。岩田が声をかけると、奥寺は一目散にペダルをこぎ、またたく間に姿を消した。追いかける間もなかった。翌日も同じ場所で待った。今度は自転車で逃げるあとを追いかけて、二百メートルダッシュした。一週間ほどすると、自転車のスピードが落ちてきた。走る自転車の横について、名刺を渡すことができた。数日後、奥寺は自転車から降りて、雑談に応じてくれるようになった。

家族ぐるみのつきあいになるまで、時間はかからなかった。そんななれそめから、気がつけば十五年が過ぎていた。当時、主任刑事だった奥寺は警視に昇進し、管理官になっていた。

どことなく、今日の奥寺からはりつめたものが感じられなかった。指揮を執っているのは副署長だ。死体の乗せられた担架が持ち上げられると、まわりを十人近い警官がかたまり、小走りで駅の反対方向へ消えていった。

「殺し……ですか？」

岩田がささやきかけると奥寺の手が伸び、人のいない暗がりにつれこまれた。

「……マル害は警官？」

あらためて問い直すと奥寺の眉間に太い縦皺《たてじわ》がより、顔がゆがんだ。「吉祥寺署地域課の巡査部長だ。マル被は逃げた。事件発生は午後五時五分前後、現場近くにいたアベックが悲鳴を聞きつけて死体を発見した」

ひと息にしゃべるのを聞いて、火照《ほて》っていた身体が冷たくなっていった。五時五分……。高津と電話で話していたとき、背景で鳴っていたナザレ修道院の鐘の音のことが思い出された。もしかして、あれから高津は……。

「心臓をひと突き、ですか？」

そこまで見られたかという顔で、奥寺は苦々しそうに口を開いた。

「今夜中に記者会見が開かれる。それまでは他言無用、できるな?」

岩田は唇を嚙み、大きくうなずいた。

「そんな生やさしいもんじゃない。ダガーナイフでめった刺しだ。胸から腹にかけて少なくとも五カ所以上だ。両手にひどい防御創を負っている。必死で逃げようともがいて、欄干から落ちたと見ている」

「ダガーナイフというのは?」

「指紋がべったりついたやつが、そこの公衆便所の洗面所に落ちてた。マル被が返り血を洗ったようだ」

「アベックは、マル被を見ていないんですか?」

「公衆便所から出てきたところとばったり鉢合わせしている。まだ、明るかったから、ふたりとも真正面から顔を拝んだそうだ。いま、署で似顔絵を描くのにつきあわされている」

これほどのヤマを前にして、奥寺に気色《けしき》ばんだところがない理由が少しばかりのみこめた。指紋を残し、顔まで見られている。早晩、ホシは割れると見ているのだ。あとは人海戦術で大網を張り、すくい上げる。そこまで考えて岩田の背筋に冷たいものがつたった。

万が一、ホシが高津とすれば、どうか。顔が割れているから、今日明日にも捕まるかもしれない。問題はそのあとだ。捕まった高津は、刑事に口をこじ開けられる。いや、すすんで自供する。

〝人殺し、とめてくれって新聞記者に電話したのに〟と。

こちらが否定したところで、警察は通話記録を調べる。だいいち、自分が高津と話しているのは、デスク会議にいた十六名全員が聞いている。

すぐ前を猪首《いくび》の副署長が通っていった。

「いまのところ、仕切っているのはあちらだ」

奥寺は小太りな副署長の背中を目で追いながら、つぶやいた。

「吉祥寺署の副署長?」

「菊地さん。来年退職だ。温厚な人なんだがな。自分の署の人間が殺《や》られて頭に血が上っている。うちの係長も怒鳴りまくられてる」

「なるほど、それで」

「えらい張り切りようだ。来年定年でまだ、再就職先、見つかってない口だから、ここでうんと花火上げて、人事一課の点数稼ぐ腹だろう。うちが着いた頃には、署の交通課から会計課まで、全員に私服を着させて、聞き込みがはじまっていた。隣接署にかけあって、あっという間に二百人態勢の囲い込みをする手はずも整えてくれたしな。そこまでやってくれりゃ、うちが文句言う筋合いはないよ」

マル害は自署の警官なのだ。弔《とむら》い合戦。一課の出る幕ではないということか。

「……どうした？　イワさん、浮かない顔してるじゃないか？」

奥寺に言われて、岩田は逃げも隠れもできなくなったことを悟った。話すしかなかった。手短に高津と思われる人間から殺人を予告する電話が入った経緯を説明した。一片の曇りもなかった奥寺の顔に、みるみる疑惑の色がにじみ出てきた。

話している間に、森の奥から明かりがあちこちで灯りだした。見ている間にそれは増え、木々の間からフラッシュを焚《た》く閃光があたりを明るく照らした。警官と記者たちがいがみあう声。ほたる橋の西方から、報道陣が近づいてきた。

橋のたもとで通せんぼをする警官たちの手前で、一行は動けなくなった。

「通してくださいよ」

低く、よく通る声が響いた。殺しの現場であんな声を出せる人間はめったにいない。カメラクルーや記者たちの最前列に、警官にむかって吠えたてる男の姿があった。相羽《あいば》克彦。三十六歳、独身。髪は長く、思いつめたような切れ長の目。一歩も引く気配を見せない。宮瀬のネタを引いてきた張本人だ。

奥寺は岩田にむきなおった。

「その話、副署長の耳に入れてくる」

岩田がうなずいたとき、堰《せき》を切ったように橋のたもとで人垣がくずれた。報道陣が一気になだれこんできた。先頭を切って走りこんできた相羽に、岩田は軽く手を上げて合図した。

「キャップ、どうしたんですか？」

　相羽の腕をとり、暗がりに引き入れた。

　まだ小寒い季節なのに、もうワイシャツ一枚だ。

　相羽の頑固一徹なところは類を見ない。あだ名は〝カッチン〟。〝のみこみのカツ〟とも。広島に本拠をおく山陽新報から、東邦に移ってきた転社組だ。山陽新報は広島、山口、島根の三県のみをテリトリーとするブロック紙だ。東邦に移ってきた理由はただひとつ……山陽にいては社会を変えられない、だ。どんなスクープ記事をものにしても、狭いエリアにしか届かない。だから、法律ひとつ変えることができない。いや、日本という国を動かせない。

　しかし、東邦なら変えられる。本気でそう考えている。

　ぎらついた野心。

　優等生の多い東邦の中で、棘《とげ》ばかりが目立ってしまう。周囲といさかいが絶えることはなく、特命班に送りこまれてきた。

「見てのとおりだ。おまえのほうこそ、黒谷と会えたのか？」

「いつまでたっても出てきやがらないから、玄関脇で携帯、さんざん鳴らしてやりましたよ。そしたら、のっそり戸が開いて……」

「当てたんだろ?」

「……それが」

「当てなかったのか?」

「ちゃんと答えるから明後日まで待ってくれと……」

　馬鹿な——。

　期限をつけられてどうする? すでに明日の一面トップに願い出たスクープなのだ。がっちりと裏を取り、すべての証拠はそろっている。クロはまちがいない。あとは、本人に当てるだけですむ話ではないか。

「それで、のんだのか?」

　相羽はなにも言わずうなずいた。

　どんなスクープでも、打つ直前、相手に当てることは最低限のルールだ。相手と直《じか》に会い、疑問をぶつけて反応を見るのだ。そこで、頭ごなしに否定されればしめたもの。肯定されることなど、万に一つだ。あとはだまって、頭を下げて引き下がればすべての準備は完了。あとは記事を打つだけだ。しかし、期限付きで認めると言い出す相手はことのほか厄介だ。信義上、相手の指定した日までは打てない。

「三宅デスクには伝えたか?」

「むろんです」

「明日の朝刊はだめか……」

暗がりから、ひとかたまりの人間が現れて、まわりをとりかこまれた。血肥りした顔が目の前にきた。黄色いネクタイとボタンダウンのワイシャツ。油断のならない笑み。

東邦新聞警視庁記者クラブキャップの唐木英二。

――おれは一面トップ記事しか追わねえ。

そう、うそぶく男だ。

今年、四十の大台に乗った。十五年前のオウム事件。岩田は警視庁記者クラブに籍をおいていた。二年後輩にあたる唐木は、半年遅れで社会部遊軍に配属された。唐木は岩田に対して、闘争心をむき出しにしてきた。他紙の記者より岩田に抜かれることをよしとしなかった。結果、特ダネ件数で社会部トップに躍り上がった。

功をみとめられ、三十五歳でハーバード大学ケネディ行政大学院へ社費留学した。帰国後は本人の希望どおり経済部に三年間出向し、去年、古巣の本社社会部にもどってきた。

「どこから嗅ぎつけたんです？」唐木が疑問をぶつけてきた。

「本社にいれば、なんでも入ってくる」

唐木のまわりには、一課担当の記者のみならず、吉祥寺以西の八方面担当の立川支局の記者もいる。

怪訝《けげん》そうな顔で唐木は岩田をにらみつけ、

「どこを歩こうと自由ですが、荒らさないでくれますか」

「聞いた口ぬかすな」

「岩田さん、忘れないでくれ、このヤマはうちのもんだ」

「せいぜい抜きやがれ」

一課の記事は警視庁記者クラブ一課担が受け持つ。今日の事件も例外ではない。岩田は悪態をつき、唐木から離れた。そのとき、四十前後の背筋のピンと伸びた実直そうな警官が近づいてきて、東邦新聞の岩田さんですかと声をかけられた。警官は吉祥寺署地域課係長の梅本と名乗り、こちらに来てくださいと命令調で言った。

そのあとをついて歩くしかなかった。公園の西園南側出入口から道路に出た。テニスコートのフェンスに沿うようにパトカーがずらりと縦列駐車していた。三台目のパトカーの後部ドアを開け、梅本に乗るよう指示された。

中に入ると、運転席の警官が携帯で、「来られました」と報告した。間もなくドアが開き、制服姿の男が入ってきて、岩田の横にすわった。

吉祥寺署副署長の菊地だった。

――やられる。

岩田は身が引き締まった。

高津から電話が入ったとき、なぜ、警察に通報しなかったのだ。

その言葉を覚悟した。あのとき警察に通報していれば、最悪の事態は防げたかもしれない。おそらく、そう思っているはずだ。

身を硬くして、相手の出方をうかがうしかなかった。

「ちょっと出ていて」

菊地が物静かに言うと、運転席にいた警官は敬礼して、パトカーから出ていった。

「吉祥寺署、副署長の菊地です。東邦新聞の岩田さんですね？」

はじめて聞く菊地の声と態度は、高圧的なところがなかった。

「そうです」

「奥寺管理官から伺いました」

相手が記者だから気を使っているのか、それとも、根っから人当たりがいいのか。菊地のあらたまった態度は、警官に似つかわしくない。

「あのね、岩田さん」菊地は短い足を折りまげ、雑談でもするような口調で言った。「たったいま、鑑識から電話が入ってね。ホシが割れました」

岩田はごくりと唾をのみこんだ。

「奥寺からナイフのこと、聞いてますね？」

「はい、伺っています」

菊地は現場方向を指さし、「まだ、うしろの連中には発表してませんが、残っていた指紋と一致する人物が特定されましてね。あなたが仰《おつしや》った高津省吾にまちがいありません」

岩田は胃の腑に鉛の玉を落とされたような気分に襲われた。

『あのさ、あのさ……、おれ、殺しちゃいそう……きっと、な、な』

電話口で話した声が耳元にこだました。あれは……本当だったのか。高津、貴様、本当に人を手にかけたのか。

「前科四犯だ。まったく、ひどいことしやがる」

菊地はふっと声を荒らげたが、すぐ、元にもどった。

特別に、おまえにだけは教えてやる。なにしろ、ホシの高津から電話がかかってきたのだからな。今度に限れば記者の立場を超えて、事件関係者になったのだから、観念してもらいたい。こちらの手の内は見せた。次はおまえの番だ。そんな響きがあった。

「でね、岩田さん、高津から電話が入ったときですけど、神田の本社にいたそうですね？」

本論に切り込まれ、身体がこわばった。いまさら、隠しだてもできない。電話の入った経緯と話した中身を大ざっぱに話した。

「その声、高津にまちがいなかったですか？」

「おそらく、高津本人だろうと思います」

「五時ちょうどというのは、なぜ、そうだとわかったんです？」

「以前住んでいた社宅がこの近くにあって、よくここには来ました。『ナザレ修道院』は毎日、正午と午後五時に鐘を鳴らします。その鐘の音は独特で、電話の背後から伝わってきました」

「それですか?」

菊地が指した窓の外を見た。瀟洒《しょうしゃ》な寄せ棟づくりの洋館がある。丸い門灯の明かりに『ナザレ修道院』と彫りこまれたプレートが見えた。

「そうですか、まちがいないようですね」

菊地の態度は意外だった。〝人を殺す〟云々《うんぬん》の話がその高津の口から出た時点で、警察に通報するべき義務が生じたと強弁されてもおかしくない。しかし、菊地にその気はなさそうだった。

菊地は腕を組み、人当たりのよさを声ににじませた。

「やっぱり、高津としてはあなたに頼ってきたんですなぁ」

頼ってきた――。

そう、とってくれるのか。この男は。

なんの根拠もないのに。

「岩田さん、予告電話の件、書きますか?」

核心をつかれて、岩田はこめかみに針を刺されたような痛みが走った。

書けばどうなる？　読者の反応は？

内側からつきあげてくるものがあった。販売局長、宇田川宏のつるんとした顔がよぎった。

〝犯罪とわかっていて、警察に通報しなかった〟

〝特ダネを優先して人命無視〟

非難の電話で、広報センターはパンクする。岩田を非難する何千という数の投稿が押しよせる。投稿欄担当デスクはそのうちのいくつかを掲載せざるを得ない。その責任はすべて岩田に押しつけられる。いや、岩田の責任問題などお話にもならない事態が引き起こされる。──購読の中止。無言の抗議。

それこそ、最大の危機だ。あってはならない事態。

「……書きません」

その言葉を待っていたかのように、菊地が言った。

「岩田さん、高津省吾は昨日の朝、満期で府中から出所したばかりなんだよ」

いきなり、頰に平手打ちをくらった気がした。

府中刑務所から出所？　あの高津が。しかも、昨日の朝……。

満期出所なら保護司も迎えに来ない。肉親といえば、横浜に姉がひとりいるだけだ。

「心細かったのかなあ。それにしても、いきなり殺すなんて、よく言ったもんだなあ。穏やかじゃない」

「あの……高津は刑務所のほうでなにか……？」

「いま、照会中ですけどね、なんせ……」

それから先の言葉を菊地はのみこんだ。

警察と刑務所の垣根は世間の想像よりも、ずっと高い。警察は再犯原因を刑務所の処遇に押しつける。刑務所は刑務所で、貝のように身を硬くして閉じこもり情報を外に出さない。交流など皆無に等しい。そんな愚痴をこぼしたいのだ。

「副署長さん……お伺いしてもいいですか？」

「高津の行方？　残念ながら、尻尾《しっぽ》もつかんでいない」

煙幕を張りだした菊地に、岩田は少しばかり頭が冷めた。ここは、聞けるところまで、聞いておくしかない。

「マル害の方、たしか地域課の巡査とお伺いしましたが……」

「山根和敏巡査部長、三十一歳。吉祥寺駅東口交番所属です」

「……山根さんが殺された現場は井の頭公園の中ですよね？」つづけて岩田は訊いた。

「東口交番は公園も受け持っていたんですか？」

井の頭公園は東西に長い。一キロ以上あるはずだ。そのほぼ真ん中、井の頭池のほとりにも交番があったと思うのだが。

「あの交番は、三年前、地域安全センターに変わりました。警視庁ＯＢがいるだけで、警官は配属されていないんですよ。今月に入って公園内で痴漢被害が多くなりましてね。日勤の警官に、応援に行かせるようにさせていたんです」

「日勤というと、四交代制の初日のことですよね？」

交番勤務の場合、四日間単位でローテーションを回す。日勤・第一当番・第二当番・非番の順でくりかえすのだ。

「ええ、所属交番につめない日です。戸別訪問に出たり、別の交番に応援に出たりします。今日、彼は日勤の日でした」

「なるほど」

「彼は優秀でしたからね。東口交番から外せませんよ。なんせ、盛り場を抱えてるでしょ。うちの管内で、いちばん事件の多い交番ですから」

どちらにしても、警邏《けいら》中に山根巡査は高津と出会ってしまった。運がなかったのだ。警官の制服を見て、高津はやみくもに凶行に走った。そうとしか思えなかった。あの高津なら、きっとそうなる。

これまで何度も警察官を相手に暴れたことがある。警官と見れば、反射的に襲いかかる素地はできていたかもしれない。

「いちおう、了解しました」菊地は言うと、帽子のつばをつまみ、軽く会釈した。「それからですね、岩田さん、いま、お話ししたことは記者会見まで、これでお願いします」

口にチャックするジェスチャーをしながら、菊地は身体を伸ばし、岩田の側にあるドアノブをつまんでドアを開けた。

返答もせず、岩田は車を降りた。

あらためて、岩田は修道院の建物とむきあった。

あのとき、高津はいたのだ。たしかに、ここに。

事態はすでに岩田がコントロールできる範囲を超えていた。

岩田は携帯をとりだした。モニターに社会部当番デスクの電話番号を表示させる。三宅は福島支局で三年先輩だった。記者のイロハを教えてくれた男だ。その三宅がいることが救いだった。

三宅はすぐ出た。

吉祥寺に来た理由と事件を報告して、最後に、

「宮瀬の原稿は?」

と訊いた。

「出稿した」

「……わかりました」

デスク会議であそこまで説明したのだ。出さざるをえなかっただろう。

電話を切った。

5

午後十時。吉祥寺通りと五日市街道の交差点にそびえ建つ吉祥寺署の六階建て庁舎は、報道陣の浴びせるスポットライトで、真昼の明るさだった。狭い正面駐車場は、捜査用の車がずらりと並んでいる。

記者が右往左往するロビーで、相羽はひとり、長椅子に沈みこんで携帯とにらめっこをしていた。のぞきこむと、携帯のモニターに岩田の書いた記事が表示されていた。〈こころの闇――抑えきれぬ殺人衝動〉。

「だれに聞いたんだ」

そっと耳打ちすると、相羽は首をあげて岩田を見やった。

「三宅デスクからです」

感想は聞くまでもなかった。

「なにか、ネタはあったか？」

それどころではない、というふうに、相羽は首を横にふった。

ぬうと、にこやかな笑みを浮かべた男が現れた。

「遅れました」

深沢善治《ぜんじ》、五十一歳。特命班の最年長だ。丸顔の禿《は》げかかった頭に黒メガネ。堅物に見えるがそうではない。霞が関官庁街の情報公開窓口をこつこつとまわって資料を集め、念入りに分析して、役所の無駄金や不正をかぎつける。役人や政治家の間では煙たがられる存在だ。ただし、大の左党のせいで、しでかした不始末も数知れない。

「宮瀬の件、局はどうです？」岩田は訊いた。

「勝又が乗りこんできましたよ。ネタぜんぶ出せって」

深沢の声は殺気立っていた。

宮瀬は自由党の最大派閥、池上会の世話人でもある。そんな重鎮のスキャンダルを暴けば、それこそ自由党は息の根を止められる。代々、世襲議員を送りだし、官僚の好き放題をさせてきた自由党だ。放っておいてもつぶれる。しかし、その自由党に勝又は圧倒的な数のシンパを持っている。宮瀬が失脚すれば、おのれの基盤も失うことを意味するのだ。

「政治部の芸者ども、横からかっさらう気ですよ」

「……させとけばいい」

「ええ？　ご冗談を」たまらないというふうに、相羽が口をはさんだ。

ネタをさらうなら、まだましだ。へたをすれば握りつぶされる。

「カッチン、勝又が動いているうちはまだ目がある。わからんか？」

はっと思いついたように相羽が口を閉じた。

勝又のバックには編集局長の尾形があり、販売局長の宇田川があり、その上には、常務取締役の関高広がひかえている。もともと東邦新聞発祥の地は大阪で、ふだんから大阪本社と東京本社は仲が悪い。社内ではベルリンの壁と称されている垣根を若い頃、乗りこえてきたのが常務の関だ。関は己の地位固めに直弟子の尾形と宇田川を東京に呼びよせた。

関、尾形、宇田川。

略して宇尾関《ウオカン》。三人とも政治部出身だ。呼び名はベルリン三人組。

〝政治部にあらずんば人にあらず〟。

脈々と流れる東邦新聞の黙約にのっとり、代々、東邦新聞の社長は政治部出身者が務めてきた。だから、二年前、社主の一声で社会部出身の国崎一郎が社長の座に着いたとき、社内は色めき立った。政治部記者たちの抱えた憤懣《ふんまん》はすさまじかった。その急先鋒がベルリン三人組だった。

就任早々、国崎の評判は芳《かんば》しくなかった。政治家とさしで酒も飲めない社会部風情に社長が務まるか、と。交代してすぐ起きた社員の痴漢事件でも、後手後手に回り、評判は地に墜ちた。しかし、二年近くすぎたいま、販売店会議にこまめに顔を出し、社の考えはこうだと率直に物を言い、『この大不況のおり、わたしはいつやめてもいい』『自分の給料は五割カット』『取締役の退職金はゼロ』と捨て身とも思える発言をくりかえしているうちに、評判は上がり、あの人のためならという販売店が増えた。

十人の取締役は苦々しく思いながらも、そんな国崎に物が言えない。その中で関は組合幹部と裏で手を組み、着々と根回しをつづけている。次期社長の座を狙っているとささやかれている。社長派対常務派。

一見平穏そうに見える社内で、マグマがいつ噴きだすのか予想はつかない。


捜査本部のおかれた四階の講堂は、報道陣でふくれあがっていた。正面長机に警察幹部が並んでいる。むかって右手から捜査一課課長と理事官、そして、奥寺、吉祥寺署署長の大塚、副署長の菊地。菊地のうしろには、岩田をパトカーまで案内した吉祥寺署地域課係長の梅本が立っていた。

記者最後列で、花粉マスクをつけた男が、さかんにシャッターを切っていた。特命班最年少の島岡浩だ。遅ればせながら、駆けつけたといった案配だ。

午後十時十五分、老眼鏡をかけた菊地が、手にした紙を読み上げはじめた。

「本日、午後五時五分、井の頭公園玉川上水、ほたる橋付近にて、警官殺害事件が発生、殺害されたのは吉祥寺署地域課、吉祥寺東口交番勤務の山根和敏巡査部長三十一歳。住所、練馬区大泉町一〇の二。死因は胸から腹にかけて複数カ所ナイフで刺されたことによる失血死。えー、井の頭公園地域安全センターに応援に出むき、公園内を警邏《けいら》中、容疑者からいきなり襲われたものと思われる。目撃者の証言、ならびに現場に残されたナイフに附着していた指紋から容疑者が特定された。高津省吾四十歳……ええ、同容疑者の所在は不明、逃走中と思われる。指名手配をかけて逮捕にむけ全力をあげて捜索に当たる。この男です」

　慣れていないらしく、つっかえながら読み終えると、菊地は高津省吾の顔写真をかかげた。記者の声が上がった。

「ナイフは現場に残っていたんですね？」

「残っていました。容疑者は現在、凶器を携行していないものと思われます」

「容疑者は前科がありますか？」

　菊地はあわてた様子で、署長と顔を見あわせた。署長がうなずくと、菊地はふたたび言い放った。

「えっと、前科四犯。府中刑務所を満期出所したばかりです」

　記者たちがどよめいた。

「えっ、いつ？　何時に出たんですか？」

「昨日、四月十八日の午前八時三十分に出所したとの回答がありました」

　フラッシュが一斉に光った。

「府中刑務所へ入所したときの罪は？」の声が上がる。

菊地は答えることができず、署長の大塚が引き取った。

「傷害致死で五年服役です」

「その事件は？」

「現在、調査中です」

「出所したとき、迎え、ありましたか？」

「いなかったと聞いております」

「そのあと、すぐ吉祥寺に来たわけですか？」

「その間の経緯はわかっておりません」

「ナイフはどこで手に入れたんですか？」

「それについても、現在、捜査中です」

「逮捕状は？」

「現在、請求中でまもなく下りると思われます」

「容疑者の特定は、いまから三時間前、午後七時にされたと聞きましたが、早期特定の理由はなんですか？」

「指紋が残っていたためです」

「二時間で特定ですか？　ばかに早いな。なにか人定できた証拠があったんですか？」

岩田が高津から電話があったことを警察に伝えたためだ。自分の名前が出ることを覚悟して岩田は目をつむった。

「捜査に関わることなので、お答えできません」

その言葉を聞いて、ほっとした。

「逮捕状が下りた段階で、手配書を配布します。会見は以上で終わります。捜査が進展した段階で順次、会見を開きます」

講堂を出ていく六人を尻目に、報道陣は一斉に確認のため、走りだした。警官が追い出しにかかる前に、岩田は外に出た。

正面玄関はテレビのレポーターに当たるスポットライトで真昼の明るさだった。

そのとき、携帯が鳴った。モニターを見る。社会部デスク席。三宅だ。

東邦新聞社会部の記者たちを避けるように、岩田は署を離れた。

「どんな具合だ？」

「記者会見が終わったところです」

「ホシは高津にまちがいないのか？」

「まちがいありません」

「おまえが書いた記事は読んだ。現場を離れろ」

「わかりました。上がります」

「来なくていい」

「えっ？」

「おまえが来たところで、なにも変わらん。上に報告するのは、降版のあとだ」

「……恩に着ます」

「恩になど着なくていい。とにかく、はやくその場を離れろ。万が一のことがある」

高津省吾の名前が出た以上、岩田の書いた記事は表に出る。書いた本人が現場にいれば、他社の格好のターゲットになる。

「了解」

宮瀬の件を訊く前に、早々に電話が切れた。

追いかけてきた相羽につかまった。

「キャップ、どこ行くんですか？」

「駅」

「上がるって？　冗談はよしてくださいよ」

「ホシは割れてるんだ。あとはうちの連中にまかせておけ」

相羽の脇から島岡が一歩前に出て、マスクの下から、くぐもった声を発した。

「そうですよ、相羽さん、今夜じゅうにつかまりますから、ね、うちらも帰りましょうよ」

相羽は力任せに、島岡をうしろに引き下げた。

「すっこんでろ」

「そう、むきになるな。宮瀬の件はいいのか？　まだ帰れば間に合うぞ」

「あれ？　キャップ、まさか……ボツってわけじゃないでしょうね？」

「おまえの顔を見れば、アンコウも気が変わるかもしれん」

「冗談はやめてくださいよ」相羽がたまらない感じで言った。「宮瀬はまっ黒なんですよ。百パーセント証拠もそろってる。これを抜かないで、何を抜くっていうんですか？」

宮瀬茂信とゴールドコム社会長の末永秀男との付き合いは、古い。宮瀬が二十年前、大蔵省財務局に勤務していた時代からだ。この十年ほど人材派遣法の改正が相次ぎ、そのたび、宮瀬はゴールドコム社の意向にそった国会質問をくりかえした。その恩恵にあずかったゴールドコム社は、宮瀬の私設秘書給与や事務所費の肩代わりを行った。去年、ゴールドコム社のメーンバンクである北洋銀行が経営危機に陥った際、末永は取引銀行の変更を宮瀬に依頼した。

これを受けて、宮瀬は大蔵省時代から付き合いの深い埼玉中央銀行に、北洋銀行が保有していたゴールドコム社の九十万株の買い取りをもちかけた。これに応じた埼玉中央銀行が、買いとる際、一億円上乗せした額を末永会長に支払った。この差額の一億円が仲介手数料として、そっくり、ダミー会社を通じて宮瀬の政治団体に渡った。

相羽を筆頭に、特命班はこのからくりを解き明かし、その過程で売買時の契約書の写しを入手した。そして、この間の事情に最もくわしいとされたのがゴールドコム社の元秘書課長の黒谷章雄だった。

「まあまあ、カッチン」深沢がなだめる。

「だから、やれることはした。もう、おれたちの手から離れたんだ。往生しろ」

「ちょっと待ってくださいよ。そりゃ、黒谷に譲歩したのは甘かったかもしれない。でも、キャップだって、待ってくれと言われれば待つのが人情でしょう?」

「人情もヘチマもねえだろ。ホシ割れしてるって言っただろうが。おれは帰るぞ。おまえたちは好きにしとけ」

「待ってくださいよ、キャップ」

相羽をふりきって、岩田は駅に急いだ。

6

目黒本町にあるマンションに着いたのは十一時を回っていた。玄関脇のドアの前でたちどまった。薄いドア越しにボリュームをしぼったゲームをする音がする。こんな時間まで、ゲームとは……。ドアノブをつかんだが、回すことはできなかった。回せばまた、ひと荒れするのを覚悟しなくてはならない。今日だけは、なしにしたかった。

居間のテーブルに、おろし納豆と菜の花の辛し和《あ》えがあり、レンジの中には、棒棒鶏《バンバンジー》があった。寝室をのぞくと、奈津子が起きあがる気配がした。

「遅かったのね」

先週あたりから風邪をもらい、ぐずぐずしていた。

「起きなくていいから」

居間の椅子にすわり、リモコンでテレビのスイッチを入れる。ニュースにチャンネルを合わせた。

おちつかなかった。高津省吾の記事を書いていた頃のことが思い出された。

十五年前のオウム事件。岩田は警視庁記者クラブにいた。地下鉄サリン、警察庁長官狙撃、平時では考えられない大事件がつづいた。怒濤の現場取材が終われば、夜討ち朝駆け。自宅にすら満足に帰れず、ハイヤーの後部座席でつかの間の眠りをむさぼった日々。毒ガス、ポア、内紛。戦場という言葉がふさわしかった。

特ダネを抜いた抜かれた。そんな日が際限なくつづいた。荒涼たる世界に神経がひからびた。オウム関連事件が収束し、平時にもどった。それから数年、気がつくと、心の中に黒々とした穴が空いていた。

会社は骨休めに、半年間、日曜版の「日本全国旨い物めぐり」のコラムをあてがってくれた。その〝遊び〟が終わる頃、デスクへのステップとなる北京支局異動を打診された。いまが盛りの中国行きは名誉なことだった。しかし、岩田は日本を離れる気など毛頭なかった。いったん外国に出てしまえば、日本の新聞社など相手にされない。ロイターとCNNだけが幅をきかせる世界なのだ。

そして、デスク——管理職。

寝食を忘れ、しゃにむに動いてネタを取る。どんなに辛くても仕事は耐えることができた。しかし、管理職になれば仕事自体ががらりと変わる。いまの街ネタを追い回す日常を奪われたくなかった。

若手の尻を叩いて、現場を歩く。生涯一記者。飲むとつい、その言葉が出た。それから三年、ふと高津の話が喉元《のどもと》に引っかかった。刑務所の塀のむこう側に落ちていった人間を大勢見てきた。しかし、実のところどうなのか。功名心。暴いてみたい。そっくり余すところなく。一気に記事にした。〈こころの闇——抑えきれぬ殺人衝動〉。反響もあった。しかし、それだけのことだった。

今回、高津はどこで道をあやまったのか。

冷蔵庫の缶ビールを取りだして、半分ほど喉に放りこんだ。空のはずの胃袋が重かった。

奈津子が起き出してきて、レンジのスイッチを入れた。

「今日、お買い物に行けなくて」

「寝てろよ。無理するな」

「それほどじゃないから。でも、頭がじんじんして」

レンジで温まった棒棒鶏を岩田の前においた。

岩田が東邦新聞に入社した二十年前。福島支局に配属された。警察署と市役所を回る生活がはじまった。二年後、市役所の記者クラブにコットンパンツをはいた女性記者がやってきた。

『甲南新聞に採用された小田奈津子です』

澄んだ瞳に屈託のない若さがたたえられていた。半年間、机をならべた。

明るい、ざっくばらんな性格だった。甲南とはライバル関係にあったが、乞われればなんでも教えた。風邪をひいて岩田が支局の二階で寝こんでいたとき、奈津子は声色《こわいろ》を使って電話をかけてきた。特オチ寸前のネタをこっそり教えてくれた。

他紙の記者との結婚は御法度《ごはっと》だ。

そう先輩記者から教えられてきたが、その禁を破り、市内にアパートを借りて所帯を持った。岩田が東京本社の社会部に異動になった春、奈津子は職を捨てた。そして、長男の翔太を授かった。

奈津子の戦場は家庭に移った。子育てはおおらかだった。そのことが岩田を悩ませた。躾《しつけ》は子供のうちから。自分が放任主義の家で育ち、常識をわきまえることを知らずに育った。そのことで恥をかくことも多かった。子供にだけは、そうさせたくなかった。仏壇に手を合わせろ。飯前《めしまえ》は必ず手を洗え。ちらかしたおもちゃは片づけろ。

家にいる間じゅう、岩田は翔太を叱りつけた。

『うんうん』

『うんじゃない、はいだろ』

『はい』

翔太は素直な子だった。なんでも言うことを聞いた。

奈津子は口出ししなかった。それで釣り合いがとれているとばかり思っていた。

去年のことだ。私立の中学に入れたいと思うの。奈津子の提案に岩田はあっさりと乗った。岩田自身、そう思っていたからだ。小学校三年生のときから、塾に通わせていた。塾の成績は中の上だった。受験の季節になった。算数が不得手とわかり、理科と社会の配点の多い中学を狙わせた。奈津子は毎日、塾の送り迎えに車を走らせた。

いよいよ、願書を出すという前日。聞いてしまったのだ。ふたりのやりとりを。あらん限りの声で罵《ののし》りあう妻と息子の声を。

『あなたのためでしょ。いまになってなに言うのよ』

『やなんだよ、私立なんて。行かねえよ』

『ふざけるのもいいかげんにしなさい』

『ふざけてるのは、そっちだ、ばばあ』

耳を疑った。そのときがはじめてでないのはわかった。もう何年も前から、ふたりは戦争状態に陥っていた。そのことに気づかないでいた。

それでも、強引に試験は受けさせた。それが裏目に出た。

あっさりと受かるはずが、舞い込んできたのは不合格の通知だった。奈津子のほうがやられた。強がっていた翔太もぽっきりと折れた。

しぶしぶ行かされた公立中学を、たった二日で拒否した。奈津子の怒りはすさまじかった。翔太の髪を引っぱり、家の外へつれだした。いやがる翔太を車に乗せ、学校まで連れていった。しかし、翔太は車から降りようとしなかった。そんなくりかえしが一週間つづき、奈津子は一時、休戦した。それが先週のことだ。

代わって、岩田が説得に当たった。翔太は聞く耳を持たなかった。

うるせえ。

二言目には、口答えされた。

テコでも翔太は家から出なくなった。

壁時計の針が十一時半を指した。岩田は血の気が引いた。

降版の時間だ。

しばらく待ったが、三宅から電話は入ってこなかった。一面トップはなにか。気にかかり、電話を取った。三宅のすわる当番デスクの電話番号を呼びだす。

やめた。もう、いい。

いまさらじたばたしたところで、どうなるものでもない。

風呂を使わず、ベッドに横になった。

目を閉じても寝つけなかった。四月にしては、冷える晩だった。

横で眠る奈津子の息は荒かった。

いま、この時間、高津はどこに身をひそませているのか。

浅い眠りがやってきた。

蚊の飛ぶような低い音が聞こえてきた。あせって、ベッドサイドに身体ごと手をのばした。手で空をつかんだまま、毛布をはねのけた。がばりと起きあがる。そこにあるはずのものがなかった。

馬鹿な。

ファックスなど、もう何年も前に居間に移したではないか。しかし、どうしてあんな幻聴を聞いたのだ……。

プッ、プー

午前三時のファックス着信音。

抜いた抜かれたの警視庁記者クラブ時代、ベッドサイドテーブルにファックス専用機をおいていた。毎日午前三時、東邦新聞大阪本社に大手五紙の記者たちが集まり、刷り上がったばかりのたがいの新聞を交換する。抜かれていれば、即、担当者へ記事がファックスで流される仕組みだ。幼かった翔太は、その音を怖がり、母親にしがみついてすすり泣いた。どうして、いまになって、こんな音がよみがえってくるのか。気がつくと全身に汗をかいていた。

横になってみたものの、眠りはやってこなかった。規則正しくなった寝息がとなりでしていた。風邪は峠を越したようだ。しかし、岩田の気分は晴れなかった。

7

かたんと音が聞こえた。ベッドからはね起きて、玄関に走った。郵便受けから、配達されたばかりの東邦新聞を引き抜き、立ったまま読みだす。一面トップにベタ白ヌキで、〈永和相互銀行と三倉銀行合併〉の横見出し。両頭取の顔写真。昨日の会議と寸分たがわぬ五十行の記事。舐《な》めるようにして見る。ゴールドコム社はおろか、宮瀬茂信の名前すら見当たらない。飛ばして社会面。こちらも同様だった。

ほくそえむ経済部デスクの顔が浮かんだ。もしかしたら、と思いながら、新聞を繰る。政治面にも、社会面にも、宮瀬の字はない。かわりに、社会面の袖に、〈警官刺殺　犯人逃走〉の縦書き見出しが、こぢんまりと出ていた。

〝午後五時五分、東京・井の頭公園にて警官が殺された……犯人は傷害で前科四犯の高津省吾（四〇）……現在逃走中……〟。わずか十行足らずのベタ記事。写真なし。

寝ている奈津子を起こさないよう、ポットの冷めた白湯《さゆ》を飲んで家を出た。

西小山駅から東急目黒線に乗る。売店で買い求めた新聞四紙を広げた。まっ先に甲南新聞を広げる。一面の肩に、鮮明な高津省吾の顔写真がでかでかと載っていた。〈警官刺されて死亡〉。記事自体は東邦と似たりよったりだが、一面扱いだ。ほかの三紙も、警官殺しは一面扱いだった。殉職した警官は職務に熱心で、地元でも評判だったという提灯《ちょうちん》記事もちゃっかり入っている。岩田の書いた記事については触れられていない。

七時ちょうど、本社ビルに入った。七階の編集局は、宿直の記者がぽつぽつと見えるだけで、がらんどうといってよかった。フロアの中心を独占する社会部エリアの中心、当番デスク席に三宅が陣どっていた。

社会部には、総括からはじまり、防衛、人権、平和、教育、そして事件担当のデスクが合わせて六人。三宅は事件担当デスクだ。各デスクは、週替わりで当番が回ってきて、社会面の紙面づくりの責任者になる。午後一時の出勤から降板まで十時間連続勤務。全国の支局から入ってくる膨大なニュースを選別し、文字どおりデスクにしがみつく。井の頭公園で起きた警官殺しも、その山ほどある藁《わら》の中の一本の針にすぎない。そう思っていたも

の の、三宅が目を落としているものは、まちがいなく、五年前、岩田が書いた記事だった。

〈こころの闇——抑えきれぬ殺人衝動〉

「まずいことになったな」

強い苦渋を眉間ににじませ、三宅は記事を岩田の前につきだした。

岩田は言葉を失いかけた。

夕刊には各社とも、岩田の書いた記事のことを載せる。

殺人を予告する記事を書いていた記者がいた……。

興味本位で、そう書き立てるとみてまちがいない。コメントも求められる。

うちはどうか。

書いたことに対して、読者に責任がある。書かないではすまされない。ならば、どう書くか。あくまで、書いたという事実だけを伝えるしかない。しかし、それで上は納得するか？　予測される読者の反応は？

容疑者の高津について、もっとつっこんだ情報を求めてくるにちがいない。生い立ち、前科、家庭状況などなど。

夕刊の締め切りは午前十一時半。それまでに態度を決め、記事を仕上げなければならない。しかし、いま、この段階で、高津本人から電話のあったことなど、書くわけにはいかない。

まず、井の頭公園の現場のことを話そうとしたが、三宅から不機嫌そうに、「それはいい、もう、唐木から上がっている」と制せられて、岩田は口をつぐんだ。

「あの電話は、本当に高津だったのか？」

ふたたび、つかれた。

「そう思われます」

三宅の目尻に細かい皺《しわ》がより、くっと唇を噛んだ。

「わかった」三宅はまだ判断に迷っている様子でつづけた。「記事は唐木に書かせる。いいな」

「けっこうです」

「高津の件で、他紙からコメントを求められると思うが、無視しろ」

「わかりました。で、局長はなんと？」

うん、という顔で一瞬、岩田を見上げたが、すぐ手元の記事にもどった。

直接、会うしかないということか。

新館にむかった。社会部特命班の部屋には部下がそろっていた。

全員の視線が部屋の隅におかれた液晶テレビに注がれていた。ＮＨＫの朝のニュースだ。

男性レポーターが昨日の事件のことをしゃべっていた。

「……殉職された山根和敏巡査部長は、少年の非行問題に強い関心を持っていたということとで、将来は少年犯罪を扱う刑事を志望していたということです。このために、非番の日には、必ず吉祥寺署の生活安全課に顔を出して、仕事の手伝いをしながら、刑事になるための研鑽を積んでいたということです……さて、被疑者についてですが……」

高津の顔写真が画面いっぱいに映しだされた。四度の逮捕歴や生い立ちについて、警察発表と同じ中身を垂れながしている。岩田の書いた記事について、紹介はされなかった。

相羽がむくんだ顔で高津省吾の手配書を横滑りさせた。高津の顔写真と指名手配容疑が書かれている。

「寝たのか？」岩田は言った。

「寝られませんよ。いま、帰ってきたとこです」

「今朝、会見はあったか？」

「六時に署長談話がありましたよ」相羽が嫌味がましく言った。「容疑者、高津の行方は依然として不明。駅や街灯の監視カメラを分析中。亡くなった山根巡査部長の遺体は本日じゅうに司法解剖を終えて大泉の自宅に到着の予定。以上」

相羽はさすがに宮瀬の件を根に持っているようだ。本来なら、いまごろ、一面本記を飾るはずだった記事を肴《さかな》に、ゆうゆうと社会面の「受け」あたりを書き流しているはずだ。ただ、渦中の元秘書課長へ譲歩したこともあり、相羽の怒りはトップギアまで入っていない。

「お玲、おまえ、高津の電話、受けたんだろ？　どうして、その場でおれたちに知らせなかった？」

　相羽が愚痴をこぼした。

「高津だなんて知るわけないでしょ」

　とお玲ははねつけた。

「喧嘩してる場合じゃないですよ。ご両人」島岡が口をはさんだ。「にしても、宮瀬の件、だいじょうぶかなあ」

　島岡は二十八歳。相変わらずの花粉マスクで、スマートフォンのメールをチェックしている。同期は二度目の支局回りで全国に散っているのに、青森支局から本社に呼びもどされた。ネタ取りもそこそこ、回る先々で可愛がられた。そこに落とし穴があった。

　連続放火事件が発生し、それを記事にした。小説さながらの恐怖を書き、住民の注意を喚起させた。その記事の中に、『犯人は火の通り魔と呼ばれている』との一文があった。デスクが調べてみると、そうした呼び名は存在しなかった。島岡にぶつけると、それは修飾ですという答えが返ってきた。捏造《ねつぞう》という言葉は使いたくない。しかし、それが本社総務の目につき、特命班に送りこまれてきた。

「まだ、抜かれはしない」岩田が答える。

「他紙じゃなくて、うちのことですけど」

それについては、なんとも言えなかった。事前に知られてはならない政治部につかまれてしまったのだ。むこうにも面目がある。どんな手を使ってくるのか、想像もつかない。

「そのときはそのときだ」

「やんなっちゃうなあ……」

「キャップ、今日、もう一度、当たりますか？」相羽が用心深げに言った。

「おいおい、カッチンさんよぉ。問題はこっちだろうが」深沢は岩田の書いた記事〈こころの闇――抑えきれぬ殺人衝動〉をテーブルの真ん中においた。「こっちは現在進行形なんだよ、わかんねえのかな、軽い重いが、まったく」

「お、すんげえ」テレビを見ていた島岡が驚きの声を上げた。「てんこ盛りだ」

警官の殺されたほたる橋の現場には献花台がもうけられ、一般市民たちが手を合わせる姿が映っていた。献花台のまわりも花束や菓子だらけだ。

「どこへ消えちゃったんでしょうね、高津。あんがい、吉祥寺のホームレスにまぎれこんでたりして」

「ああ見えて、ひどく用心深いから、ホテルになど泊まらない。ぼろ倉庫かそんなとこにもぐりこんでるはずだ」岩田が答える。

「さもなくば、どこぞの家に押し入り、脅して居すわるとか？」

「どうも、わからんなあ」相羽が言った。「高津はどうやって吉祥寺まで来たんです？

電車？　バス？　それとも、歩いて？」

　府中刑務所の最寄り駅は、武蔵野線の北府中駅だ。ひと駅乗れば西国分寺駅。中央線に乗り換えれば、二十分で吉祥寺に着くことができる。ただし、高津は事件を起こす前日に出所している。事件当日と合わせると、出所後、三十五時間近いタイムラグがある。

「高津の生まれは横浜の瀬谷区でしょ？」相羽が重ねて言った。

「そうだ。どうした？」

　瀬谷は横浜市の西のはずれで、北は町田市、西は大和市に接している。私鉄沿線に住宅地が集中しているが、昔ながらの田園風景が多く残る土地柄だ。

「吉祥寺は瀬谷と反対方向ですよ。どうして、吉祥寺に来たのかなあ」

「わからん」

「吉祥寺にも住んでいたことがあるんですか？」

「ないはずだ。高津の書いた手記にも吉祥寺のことは出てこないし、高津本人の口からも吉祥寺のことは聞いたことがない」

　島岡が記事を見ながら言った。「ねえ、キャップ、高津って、突然不機嫌になったり、突発的に怒りだして、めったやたらと暴力をふるうって書いてますね。短時間でおさまるということのようですけど」

「まわりの人間ともなじめない」

「シャブもやっていたんでしょ？　覚醒剤依存症じゃないですか？」

「それもあると思うが、高津本人は一貫して自分の殺人衝動を訴えてきた」

相羽が記事のそのところを指しながら言った。「その殺人衝動ですが、高津は『幼児期に父親から虐待を受けて、対人関係の障害が生じた。結果、強い殺人の強迫観念を持つようになった』とキャップは書いている。それが今回の殺人の引き金になったということですか？」

「そう思う」

高津一家は瀬谷区三ツ境《みきょう》にある借家住まいだった。父親の保彦《やすひこ》は、警官だった。酒が入ると人が変わった。ビールが冷えていないというだけで、歯が折れるほど母親を殴った。小学生だった省吾が口を出すと、父親は竹刀《しない》で省吾を打ちすえた。母親は省吾に、「あんたがいるせいで、離婚できない」と吹きこむ有様で、姉の秀美だけが省吾をかばってくれた。

省吾は陰気でおとなしく、友だちも少なかった。中学一年のとき、両親は離婚した。省吾は姉とともに母親に引きとられた。中学生になり、不良グループに目をつけられたが、木刀で死ぬほど殴りつけると、相手が近づいてくることはなくなった。暴力をふるえば、いじめられることもないし、楽に生きていける。手記の中で高津はそう書いている。中学三年のとき、母親は肝臓ガンで亡くなり、親戚にあずけられた。高校二年生のとき、同級生に着ていた服の質が悪いとからかわれ、角材でめった打ちにした。気がつくと相手は耳から血を流していたというが、そのとき、自分の中からわきあがる殺人衝動を、はじめて感じたという。夏休み、自宅近くの公園に他校の生徒を呼びつけて、決闘騒ぎを起こしたとき、駆けつけた警官にあとを追われて、暴力をふるわれた。

高校を卒業して職を転々とした。車の窃盗と覚醒剤使用で補導され半年間、少年院の世話になった。二十二歳のとき、前島美喜と結婚し、南瀬谷にアパートを借りて住んだ。ささいなことで、省吾は美喜に手をかけた。美喜が大和市にある実家へ逃げ帰るたび、つれもどした。行方をくらました美喜を殺す場面を思い描くのが、たまらない快感につながったらしい。

かばう美喜の兄に暴力を浴びせた。傷害の現行犯で逮捕され、一年半の執行猶予付きの判決を受けた。省吾が二十五歳のときだ。この頃、ふたたび覚醒剤に手をのばした。

同じ年、警官に職務質問を受け、反射的に警官を殴りつけた。公務執行妨害で逮捕され市原刑務所に服役した。そのあとも、放火騒ぎを起こして、横浜刑務所に服役した。出所三年後に、三ツ境のホームセンターで傷害致死事件を起こして、府中刑務所に収監された。そして、今回、そこを満期で出所して、とうとう殺人事件を起こした。

島岡が疑問を口にした。「府中刑務所は五年ぴったりいたわけですよね？」

「ああ、満期出所だ。服役態度がかなり悪かったと見てまちがいないと思う」

「その結果が今回の殺しですか……」

　高津はふだん、人当たりがいい。のべつまくなしに、怒り狂っているわけではないのだ。若い頃とはちがって、暴れるのはせいぜい、ふた月に一度あるかないかだったろう。初対面の人間でも、相手が味方であることがわかれば敵対しないのだ。

　とにかく現場だと岩田は思った。ふりかかった火の粉は自分ではらわなくては。

「おれはデスク会議に出て様子を見る」岩田は言った。「カッチンとシマは吉祥寺で警察の動きをフォロー。お玲は留守番をたのむ。まんいち……」

「高津から電話が来たら、キャップの携帯に回します」

「そうしてくれ」

「高津の立ち回り先はどうします?」相羽が訊いてきた。

　警察は高津が土地勘を持っている場所の情報をつかんでいるはずだ。早晩、高津は網にかかる。問題はそのあとだ。

「そっちは警察に任せる。まず、吉祥寺から攻めよう。ゼンさんは府中刑務所へ回ってくれますか」

「刑務所ですか……荷が重いなあ」

「面会とかなんとか、適当に。いまは法改正されて、赤の他人でも面会できるはずですよ」

「いやぁ、前もって手紙とか書いて許可とっておかないと無理じゃないかなあ」

「得意じゃないですか」

「うーん、やってみますか」

「行くぞ、シマ」

相羽が音頭を取ると、島岡が腰を浮かせた。

8

午前九時半。夕刊のデスク会議が始まった。ゴールドコム社と宮瀬代議士の記事は、これっぽっちも出なかった。

「話せ」

尾形に言われて、岩田は三宅のうしろに立ったまま、口を開いた。

「はい……犠牲者の山根巡査部長は吉祥寺駅東口交番勤務で……」

「そんなことを訊いてるんじゃない。高津とおまえはどういう関係なのかって訊いてるんだ」

語気は鋭かった。

岩田は高津を知った経緯やそのあとの交流を話した。それがすむと、昨日から今日にかけて、分きざみで行動を問われた。ひとつの嘘もまじえず話した。それだけ説明したにもかかわらず、なぜ、高津が人を殺す間際になって、おまえに電話を入れたのか、と尾形は食ってかかってきた。

「わかりかねます」

「わからんですむか。おまえしかおらんのだぞ、奴のことをわかるのは。兆候ぐらいあっただろうが」

「府中刑務所に入って以降、一度も会っていませんし、手紙のやりとりも三年前から途絶えています」

「高津の出所は知らなかったのか？」

「知りませんでした」

「本当か？」

「知るはずがありません」

「高津はどこへ消えたんだ？」

「……そんなこと、わかるはずがない」

すべての罪はこの自分にあるというのか？

経済部デスクの上村は、銀行合併のネタがトップになり、余裕しゃくしゃくの顔だ。

「とにかく、この三年間、高津とは、まったく連絡をとっていません」

岩田はそれだけ言って、反応を待った。

「記事のことだ」尾形が言った。「どうして、すぐ三宅に報告しなかった?」

「そ……それは」

「警察に通報しようと思わなかったのか?」

「あの時点ではまだ、確定していませんでした」

しびれを切らしたように、勝又が声をあげた。「ほざくな。サツから訊かれて、べらべらしゃべりおって。もう、あともどりできんのだぞ、わかってるのか、貴様」

岩田は勝又をにらみ返した。

警察は今後、高津を捕まえた時点で、犯行直前、当の高津本人が岩田に殺人を予告する電話をかけたことを発表せざるをえない。問題はそのときの東邦がとる態度だ。警察には、犯行直後、電話のあったことを伝えたのだから、隠したにはあたらない。そう突っぱることもできるが、それで納得しない読者もいるだろう。

非はこの自分ひとりにある。そう言いたければ言え。

しかし、と岩田は思う。

高津のことを紹介したあの記事はまちがっていなかったはずだ。刑務所を出た人間の再犯率はおおむね四割を超えている。心の闇を抱えた再犯者の中には、本来、措置入院となって社会から隔離されるべき人間がいるかもしれない。

「言いたいことでもあるのか？」ふたたび、尾形が言った。

「……いや、そうではなくて」

「警官だぞ、殺《や》られたのは。おまえは事件の当事者に成り下がってるんだ。申し開きなど、いっさい、できんのだ。そのことを肝に銘じておけ」

「……はい」

「身から出た錆《さび》だ。自分で落とし前つけろ」

その言葉を聞いて、岩田は身体が熱くなった。

「宮瀬の件ですが、ご報告しておかなくてはならないことがあります」

「ネタ元は黒谷か？」勝又がにやつきながら言った。「当てきれなかったそうじゃないか。ふだんから生煮えなことばかりやってるから、肝心なときに踏みこめないんだ。だいたい、証拠はあがってるのか？　ゴールドコム社のメーンバンク変更で裏取引があったそうだが、うちで調べたかぎり、ネズミ一匹出てこんぞ」

「そろっています。明日までお待ちください」

「くどい。当てきれなかった、申し訳ありませんでしたと素直に謝れ。だいたい、特命班ごときがしゃしゃり出てくる案件か？　政権が変わるのだぞ、政権が。宮瀬の件はボツだな」

そう言うと、勝又はこれでいいですかと言わんばかりの顔を尾形にむけた。

編集局長は追随するように押しだまった。

岩田は一歩前に進み出た。

「宮瀬のネタを落とすって、冗談はやめてください。他社に抜かれたら、どうする気ですか?」

「今度はおどしか?」勝又が言った。

「ここで落としたら最後ということです」

「どの社が動いてる? 甲南か大毎か? 言ってみろ」

「どちらにしろ、明後日の朝刊で打たせてもらいます」

「岩田、いつからデスクになった」尾形が口をはさんだ。「てめえの出番は終わりだと言っただろ、とっとと失せろ」

三宅にまでにらまれた。

「宮瀬の件はいずれまた」

それだけ言って、岩田は会議室をあとにした。

心中、荒い波が立っていた。

……決して宮瀬のネタは落とさせない。

しかし、どうすればいい。このままでは本当に危ない。三宅だけでは、心許ない。この際、社長室長の平光を頼るしかないか……。

特命班の部屋のドアを開けると、異様な光景が待っていた。うぐいす色の作業着を着た男たちが三人、部下と対峙していた。

岩田の顔を見ると、お玲が近づいてきて耳打ちされた。

「……技術部の人間だそうです」

眉毛の濃い一重まぶたの男が、岩田をふりむいた。感情のあまりない顔だった。

「岩田さんですね？　技術部の増田と申します。編集局長さんからお聞きになっていると思いますが……」

「なにをです？」

ならば、しかたないという顔で増田はつづけた。

「こちらの部屋にある二台の電話機に、録音装置を付けさせてもらいます」

お玲の顔にさっと赤みが差した。「そんな、録音だなんて」

「ですけど、そう言いわたされていますので……やらせていただきます、おい」

増田は若いふたりに命令して、電話機に小さな装置を取りつける作業をはじめた。

高津からまた、電話がかかってくることを予想して、尾形が思いついたのだ。姑息《こそく》なことだ。もしかすると、警察から要請があったのかもしれない。ここが新聞社でなければ、警察は逆探知装置を電話に取りつけるはずだ。

「わかりました。おつけください」

岩田が言うと、お玲が信じられないというような顔つきで、岩田をにらみつけた。

作業は二分とかからずに終わった。

「作業終了」増田は岩田にむかって言った。「これで、すべての会話は録音されます。また、携帯にかかってきた電話もすべて録音しておくようにとの命令です。では」

ばたばたと退散していく男たちを見届けると、岩田は電話機にとりついた。録音装置を引きちぎるように取り外す。お玲も同じようにした。

9

吉祥寺に着いたのは十一時ちょうど。署のロビーには新聞各社のベテラン記者がそろっていた。警視庁記者クラブキャップの唐木が岩田をみとめると歩みよってきた。

「岩田さん、困るなあ……例の記事、せめて昨日のうちに教えてもらいたかったなぁ」

「大昔の記事だ。訊かれてもノーコメント」

「まだ、なにか、あるんでしょ？」

「警察の動きは？」岩田は無視するように言った。

「幹部連はぴりぴりしてるし。尋常じゃないですな。刑事課の中で怒鳴りあってるのが聞こえるし」

昨日の奥寺の様子からして想像がついた。ホシ割れしている事件だ。所轄と本部の人間が手柄のとりあいをしているかもしれない。

「高津の行方は？」

「五里霧中」

「嘘つけ、顔に出てるぞ」

「……かなわねえな、まったく……所轄の連中は、高津が吉祥寺の街中に潜伏してるって読んでるみたいでね」

「ホテルやサウナを総舐《な》めか？」

「駅周辺の盛り場もね」

高津は吉祥寺に知り合いでもいるということか。吉祥寺駅のまわりは飲食街がひしめいている。その中に入ってしまえば、藁の中から針を探すようなものだが。

岩田は唐木に背をむけた。

「おたがい、なにかあったら助けあいましょうよ、ね、岩田さん」

唐木の声を無視して外に出た。携帯が鳴った。相羽からだった。

落ちあう場所を決めて、携帯を切った。

岩田は駅までもどった。吉祥寺大通りのロータリーの手前で信号待ちをしていると、むこう側で手をふっている姿が見えた。

信号が青になり、相羽が横断歩道を渡ってやってきた。

「けっこう歩いたなあ」相羽が言った。

相羽は横断歩道のむこう側にあるＪＲ中央線高架下の交番を指した。吉祥寺駅東口交番。殺された警官が所属していた交番だ。

「あそこから殺しの現場まで、早足で十二、三分。一キロ強かな。マル害が応援に出むいたっていう地域安全センターにもよってみましたよ」

「ダイエットにはいいな」

相羽は冗談に応じず、「交番に立ってる警官いるでしょ？　あの警官、今月、配属になったばかりだそうですけどね。ぜんぶで十二人勤務してますけど、殺された山根はいちばんの古株だそうです。突っこんで訊いてみたら、くわしいことは署のほうで対応してくれと」。

殺された山根という警官の人となりをつかむため、マスコミが大挙して押しかけたのだろう。事件がらみの面倒な質問は、署に回せと命令されているにちがいない。

「それで、帰ってきたのか？」

「ご冗談を。少し粘りました。山根は警官になりたての頃、シンナーを吸う非行少年を担当しましてね。そいつを更正させたそうです。ところが、去年の夏、同じガキがまたシンナーに手を出して渋谷署に連行された。そのとき、山根は、自分が更正させてやれなかったと言って、みずから渋谷署に身柄を引き取りに行ったそうですよ」

「ほう……で、現場はどうだった？」

「どこかのお寺さん詣でみたいですよ。地元の連中がひきもきらないし。ときわ台駅で殉職した巡査部長のときと同じですよ」

三年前、板橋区の東武東上線ときわ台駅で、電車に飛び込んで自殺しようとした女性をかばって巡査部長が殉職した。マスコミはこぞって巡査部長を讃えた。あのときとそっくりだ。

評判のいい警官の悲劇的な死。地元の悼《いた》む声が大きいのもわかる。

しかし、殺された警官のことをほじくり返したところで、得るものはなにもない。

「今日、お通夜だそうですよ」相羽がつけ加えた。

「えっ、もう？　そっちはテレビと雑誌にまかせる。高津が先決だ。手分けして、地取りにつこう」

高津の行方を知るためには、警察の動きをさぐるしか手はない。地取りで警官たちが聞き込んだ先を片っ端から訪ねて、警官からなにを訊かれたのかを探るしか手はない。

10

岩田が刑事たちを見たのは、吉祥寺駅北口の繁華街にある通称、闇市の中だった。狭い路地に小さな間口の総菜屋や居酒屋がひしめきあっているハモニカ横丁の一画。一目で刑事とわかるふたり組の男が居酒屋の二階に上がったきり、五分たっても出てこなかった。

十分ほどして、年長の刑事が下りてきた。捜査一課の刑事だろう。そのうしろから、紺のブレザーを着た若い男がついてきた。こちらは吉祥寺署の交通課あたりの警官だろうか。

ふたりがとなりの生花店に入っていくのを見届けて、岩田は居酒屋の二階へ上がった。戸を開けると、口ひげを伸ばした三十前後の男が、冷蔵庫を開けて、中をのぞきこんでいた。

岩田が身分を告げると、男は、「警官殺しのこと?」と訊いてきた。

「そうなんですよ、いま、刑事さんたちきましたよね?」

「ええ、きましたよー」

「容疑者の写真なんか見せられたりしました?」

「見ましたけどねえ、知らない人だし」男は冷蔵庫の中を点検しながら、迷惑そうに答えた。

「ほかに、なにか訊かれませんでしたかねえ？」

「山根さんについて訊かれたなあ」

「ご存じだったんですか？」

「山根さんのこと？　このあたりで知らない人がいたら潜《もぐ》りですよ」

あの交番が長かったから、このあたりでも知り合いが多いのだろう。

「最近、いつ会ったとか、なにか、相談していたことないかとかね。死んだ人のあら探しでもしてるような感じで嫌だったな。それにしても、ひどいこと、しやがるよね、何カ所も刺されたっていうじゃない」

「評判のいい方だったようですね」

男は冷蔵庫のドアを勢いよく閉めて、岩田にむきなおった。調理台の上に両手をつき、肩を落として話しだした。

「あんないい人、どこを探したっていませんよ。がっかりだな、もう」

「……というと？」

「なんて言ったらいいのかなぁ、えらぶらないし、親身になってこっちの言うこと聞いてくれるし。三月に一度は、店に寄ってくれるし。そんときも、コーヒー一杯、手をつけないし」

まじめな警官ならそうだろう。

「山根さんは別として、容疑者の男はどうですか？」

「さあ、知らないなあ」

岩田は礼を言って店から出た。

刑事たちは高津の目撃情報のほかに、犠牲になった山根巡査部長のことも訊いている。どういうことだろう。

刑事たちは生花店から出てきて、となりの洋品店に入っていくところだった。

そのとき、携帯が鳴った。島岡からだった。

「高津の目撃情報が出ました」島岡はつぶやくように言った。


岩田は闇市を抜けた。東急百貨店の脇を通り、通称〝東急裏〟に入った。しゃれた都会感覚あふれる店がゆったりと軒を並べている。コンビニの前で合流すると、島岡はＮＴＴの建物の裏手になる角に岩田を連れてきた。目の前にネイルサロンの店がある。

「おとといの晩の七時頃、あのネイルサロンの店員が高津と似た男を見たそうです」島岡は言った。

「たしかか？」

「このあたりでよく見かける男といっしょだったそうです。そいつが携帯のようなものを高津に渡したということです」

「……携帯?」

「かなり、人の目を気にしていたということです。彼女、このあたりはくわしいですからね。『あれ、トバシよ』って」

「トバシ携帯の売人か……」

島岡はうなずいた。

トバシ携帯は偽造免許証などを使って、架空の人物になりすまして契約し購入する携帯だ。電話会社が利用停止にするまでの二カ月間は使い放題で利用者も特定されない。振り込め詐欺などに使われる悪質な代物《しろもの》だ。

「その男、ここふた月ほど、よく見かける男らしくて。この界隈じゃ、けっこう顔が知られてるみたいで。捜査員が十分近く、えんえんと粘ってました。連中がいなくなってすぐ、店員に訊きました。捜査員は聞き込みを中止して、署のほうへ大あわてで行きましたからね。おそらく、まちがいないと思います」

もし、それが本当なら、おとといから、高津は吉祥寺にいたことになるではないか。

「売人の情報は?」

「いまのところ、わかりません」

一刻も早くそのトバシ携帯を売っている男を見つけ出し、高津のことをたしかめる必要がある。

「シマ、カッチンを呼べ」

「了解」

11

手分けして、東急裏の店の聞き込みをつづけた。岩田の受け持ちは大正通りだ。四時すぎ、府中刑務所に出むいていた深沢から電話が入った。落ちあう場所を決めて電話を切る。

雑貨店のヴィレッジヴァンガードまでもどったとき、斜めむかいにあるセレクトショップに、ふたりの男が入っていくのを目撃した。警察の人間のようだ。岩田はその店をしばらく見守った。エルベという看板が出ている。ショーウインドウには、ブランド物のバッグが並んでいる。バッグ専門のセレクトショップのようだ。

五分ほどして男たちが出てきた。別の店に入る様子もなく、少し急いだ感じで大正通りを駅方向へむかった。店に入ったとき、ふたりとも手ぶらだったはずだが、片方の男は、星のイラストがちりばめられた大きめのポリ袋を持っていた。四角っぽい物が入っているようだ。

岩田は気になって、男たちのあとをつけた。

ふたりは吉祥寺通りに出ると、北にむかって歩いた。五日市街道の横断歩道をわたると、吉祥寺署の中へ駆けこむようにして入っていった。

やはり、刑事だったようだ。

深沢と落ちあう時間が近づいていたので、吉祥寺駅にもどった。

駅のスタンドで大手四紙の夕刊とタブロイド紙を買い求め駅南にむかう。マルイの横から七井橋通りに入った。

歩きながら、新聞に目を通す。甲南新聞は、〈警官殺し　犯人いまだ所在つかめず〉と十五行のベタ記事。東邦も含めて、ほかの三紙に続報はない。タブロイド紙が、殉職した山根巡査部長についてあれこれ書き立てていた。いわく、近年まれに見る優秀な警官、地域住民から警官の鑑《かがみ》と呼ばれ尊敬を集めていたなどなど……。

香ばしい肉を焼く香りが漂ってくる。焼き鳥の〝いせや〟だ。

サラリーマンから定年をすぎた老人まで、席は七分どおり埋まっていた。深沢は奥まった席に陣取っていた。

「吉祥寺にきたら、ここですよ」

悪びれもせず、さっと自分のコップにビールを満たし、岩田のコップにも注いだ。

「このあたりは昔と変わってないなあ」

「そうですね」岩田もビールを飲んだ。「知ってるんですか？　ゼンさんも？」

「高円寺に住んでいた頃、通いましたよ。キャップは社宅の口？」

「ええ」

吉祥寺は不思議な街だ。駅ちかくには、戦前の雰囲気を残す商店街があり、デパートもある。はやりのスローフードで売る店も多いが、この焼き鳥屋のように昔ながらの店も多いのだ。昼間から薄汚い世捨て人の格好で歩いていても、怪しむ者などいない。高津のような人間でも、あっさり溶けこむことのできる街なのだ。

「ガード、かたいのなんのって。覚悟は決めて行ったつもりなんですけどね」

深沢はナンコツを頬張りながら言った。

「手ぶらで行った？」

「まさか。去年、財務省の役人殺しで、うちが抜いたヤマあったでしょ？　そいつに、だめもとで面会票を書いて申しこんだんですが、あっさり断られちゃって」

岩田は肩の力が抜けた。

深沢はビールをひと息に飲み干した。口をぬぐうと、ふたたび舌が動きだした。

「刑務所のちかくに、小川食堂というのがありましてね。刑務所にいる受刑者に店屋ものを差し入れする店ですけど。そこのばあさん、おととい の朝、高津を見てます」

岩田は身を乗り出した。

「八時半ちょうどに食堂を開くんですけどね。店の戸を開けて暖簾《のれん》をかけたとき、刑務所の正門からふたりして歩いてきたというんです。そのうちのひとりが高津のようです」

「八時半というと、出所直後？」

「ええ、出所の時間は、いつもその時間帯だそうです。ばあさん、出所してきたなってピンときたそうですけどね」

「高津に出迎えはいたんですか？」

「いや、ふたりとも、いなかったようです。ふたりは店に入ってきて、高津じゃないほうの男がラーメンあるかって訊いてきたそうで。朝定食しかないっていうと、それでいいと言って、注文したそうです」

「高津は食べなかった？」

「ええ。店の中にある公衆電話でしばらく話しこんでから、ふらっと出ていったそうなんですよ。方角的には北府中駅だったそうで、それが高津を見た最後です」

「その片割れの男は？」

「飯を食べている間に、『いつも世話になってるよ』って自分の名前を語ったそうなんです。その名前を聞いて、ばあさんはすぐにわかった。月に一度、女房がきて、その店から食べ物を差し入れしていた関係でね。そいつの名前は大西吉和。女房は小田原に住んでます」

「大西と高津はどんな感じだった？　親しそうだった？」

「ばあさんが言うには、複数の人間が出所するときは、たいがい、あんな感じだそうです。

仲が良さそうに話すけど、知り合いかどうかはわからないそうです」言いながら、ビールを喉に流しこむ。

「所内の工場で知りあうとか、ありうるんじゃないですか？」

「ええ、大西と会ってみる価値はあるかもしれませんね」

「警察がもう手をつけてるだろうな」

「かもですね……そうだ、刑務所の前で、ちょうど、吉祥寺署の警官といっしょになりましたよ」

「吉祥寺署のだれ？」

「昨日の晩の記者会見で見た……ほら、副署長のうしろで立っていた警官」

昨晩、井の頭公園で副署長の菊地のところに案内した警官だ。地域課の係長……名前はたしか梅本だ。

「高津のことできたんだろうな」

「それしかないでしょうね」

刑務所にいたときの様子を調べに訪れたのだろう。

「警察も手がかりがないんでしょうね」

岩田は殺された山根巡査部長のことを話した。

「まじめ一方の警官ですか……」深沢が言った。「今日はお通夜でしょう？　そんな警官なら、わんさとテレビ局が押しかけるんじゃないですか。絵になりますよ」

殉職した警官の通夜ならば、ニュースバリューもある。テレビ局の中継でごった返すが、行ってみてもいいかもしれない。

深沢を送りだしてから店を出た。気になっていたエルベにもどった。

奥に長い店だった。グッチやバーバリーといったブランド物のバッグが陳列され、店の奥手に中古品コーナーもある。見た限りでは、高津とは縁遠い店と思われた。四十がらみの男の店長に身分を明かした。昼間やってきたふたりの男が刑事だったのかを訊くと、棘々しい目で岩田をにらんだ。

「ふたりとも吉祥寺署の方ですけどなにか？」

捜査一課と組んでいないのだろうか。

「防犯カメラの録画テープをお渡しになりませんでしたか？」

「うちは付けてませんよ。お客さん、嫌う方もいますから。防犯カメラがどうかしましたか？」

「お店から、そのお二方が出てくるのを見かけましてね。袋のようなものをお持ちになっていたものですから……もし、なにか映っていたらお聞かせ願えればと思いまして……警察のほうから黙っていろというご指導を受けていれば別ですが」

「まあ、それに近いことはね……わざわざ二度も来たし……仕方ないなあ、あれはコーチのソーホーバッグですよ。人気商品ですね。亡くなった山根さんがうちの店に持ちこんだんです」

「山根巡査部長が？」

「十日ほど前だったかなあ、偽物か本物か確かめてくれって持ちこんできたんですよ。時間かかりますけどって訊いたら、いいって言うものだから」

「そうした依頼は、よくあるんですか？」

「まあ、ちょくちょく」

「以前にも山根さんから？」

「いや、はじめて」

「で、真贋《しんがん》は？」

「偽物でした」

偽物……。

「山根さん、そのバッグをどこから入手したんでしょう？」

「わかりませんけどね、ただあの袋……」

バッグを包んであったポリ袋のことか。

「パーラーダイヤの景品袋ですね、あれ」

パーラーダイヤといえば、パチンコホールの大手だ。

パーラーダイヤが景品として出しているブランドバッグの真贋を確かめるために、山根が持ちこんだ？

どちらにしても、偽のブランド物は罪になる。山根は仕事がらみで持ちこんだと見てまちがいないようだ。高津とは関係がない。岩田は礼を言って店を出た。

腕にはめたタグ・ホイヤーを見た。午後四時三十分。山根が殺されて丸一日がすぎようとしている。

吉祥寺駅を突っ切って井の頭公園に入る。七井橋を渡りきった先に、交番と似た二階建ての建物がある。制服を着た男が立っている。近づくと、入り口の上にある標識に、井の頭公園地域安全センターと書かれてあった。殺された山根が応援にきていたセンターだ。

立番している男は、かなりの年配だ。服装も街中で見かける警官のそれとはちがう。拳銃も帯びていない。警視庁を定年退職して交番相談員になった男なのだろう。

胸のＩＤカードに、井上久司と書かれている。

記者証を見せて、声をかけると、井上は軽く敬礼して岩田に答える姿勢を見せた。

「昨日も井上さんはこちらで勤務されていましたか？」

「はい、おりましたが」

さりげなく、岩田は切り出した。「山根巡査部長はこちらに応援にきていたと伺いましたが……」

「ええ、きていました」

「いまごろの時間、山根さんはこちらにいらしたのですか?」

「いえ、応援の方々、あまりここにはよりつきません。もっぱら、公園内の警邏《けいら》に当たります」

「痴漢が多く出るとお聞きしましたが、いまの時間帯が多いんですか?」

「そうですね、夕方から夜にかけてが多いです」

「失礼ですけど、井上さんはこちらにきて、長いんでしょうか?」

「いえ、この四月に定年になって、こっちに回されました」

「それまではやはり吉祥寺署で?」

「練馬署の地域課です。こっち方面ははじめてですね」

「じゃあ、山根さんとも、お付き合いはまだ浅かったんですね」

「いや、山根さんとは、付き合いはなかったです。昨日が初対面で、あいさつした程度でしたね」

「……ほう」

「東口交番から応援がきたのは、はじめてでしたしね。いつもは、万助橋《まんすけばし》駐在所から応援がきます」

「万助橋駐在所というと?」

「ここですけど」

井上は壁の地図にむきなおり、指でその場所を示した。公園の西側に隣接して駐在所がある。住宅街の中にあり、ここなら、公園にもすぐアクセスできる。公園のずっと北にある東口交番よりも、応援に入りやすいだろう。

「東口交番は繁華街のど真ん中でしょ。公園の応援にくるような余裕はないと思ってたんですけどねえ」

「それまでは一度もなかったんですか？」

「ないですねぇ……えっと、これから巡回がありますんで」

井上はしゃべりすぎたと思ったらしく、ふいに、よそよそしくなった。

岩田はそこをあとにした。

ほたる橋にむかった。うす暗くなりかけた木立の中から、淡い茶屋の光が見えてきた。二階屋で庇《ひさし》の下に、昔ながらの提灯が並んでいる。その黄色い明かりに引きつけられて、岩田は店の前に出された椅子に腰かけた。長く垂れた枝のむこうに弁財天の赤い鳥居が見える。

昼間の暖かい空気が残っていて、寒さは感じなかった。

幼虫もサナギから抜け出て、外へ飛び出したくなるいい陽気だ。

なのに……。

携帯をとりだし、自宅の番号を呼びだした。オンボタンを押す。

なかなか出なかった。留守にしているのか。翔太だけなら、おそらく電話に出ない。電話を切ろうと耳から放したとき、「あなた」と奈津子の呼ぶ声がかすかに聞こえた。

「翔太は？」

「えっ、翔太……」

いつも呼んでいる〝ジョウ君〟ではなく、つっけんどんに〝翔太〟だ。

学校へ行くなりやめるなり、好きなようにすればいい。そう思わせる言い方だ。しかし、翔太が学校へ行かなくなってから、まだ、たったの二週間。あきらめてしまうには早すぎる。

「部屋にいるんだろ？」

「いるけど」

ようするに、今日も一日、変わりはなかったのだ。翔太は学校にも行かず、部屋にこもりきりになっている。身体などどこも悪くない。学校でいじめを受けているわけでもないのに、どうして家から一歩も出ないのか……。

「起きてるんだろうな？」

「ううん」

「また寝てるのか？」

「昼前まで起きてたみたいね」

突き放した言い方に、むかっときた。

こんな時間に……。

胸がふさがった。

「今日も遅くなるから」

それだけ言って携帯を切った。

家のことなど、忘れろ。寝たい奴は寝させておけ。つらい思いをするのは翔太自身だ。親がいくらせっついたところで、子供がその気にならなければどうしようもない。心配するだけ無駄だ。しかし……このままでいいのか。

あの日も、今日と同じように、うららかな日和だった。横浜拘置支所で高津省吾と会った最後の面会日。厚い透明アクリル板のむこうで、何度か面会を重ねるうちに、高津は穏やかな表情を見せるようになった。

「元気そうだね？」

岩田が呼びかけると高津は、子供が親を見るような目で、じっと見返してきた。

「また、きてくれたんだ」

「何度でもくるよ。あなたさえよければ」

むくむくと高津の頬が盛り上がった。

斜めうしろにいる刑務官が、こちらを見ている。

「手記を読ませてもらったよ、ありがとう。あなたのことがわかったような気がする」

「一生懸命書いたよ、あれ」

「おかあさんに嫌われてたって書いてあったけど、少しちがうと思うな」

高津の目がすっと、横に伸びた。「本当だよ、おれ、嫌われてたんだし。親父が殴るじゃん、その横であの女、へらへら笑ってやがるし」

刑務官にも聞こえているはずだが、高津は気にもかけていないようだ。

「ひどい目にあったよね」

「岩田さんも子供があるんだろ？」

「いるよ、小学二年生の長男坊が」

「なんて名前？」

「翔太。飛翔の翔」

「まさか、しないよね、岩田さんは？」

子供への暴力？

「しないしない」

「だよね。つらいよ、ほんとに」

会話を楽しんでいる高津を見ていると、人を殴り殺してしまったような人間には思えなかった。警官の制服を見ると、興奮してしまうのも、警官だった父親から受けた暴力のせいだろう。

「警官は嫌い？」

「だって、松本のこと話したじゃん？」

松本は高津が勤務先のハウスクリーニング店に放火して捕まったときに、取り調べた刑事の名前だ。

松本は、高津本人から『どうか、おれを殺してくれ、死刑にしてくれ』と言うのを何度も聞いている。

『きどってやがる』

松本はそのたび、そう言ったという。

「おれは、真剣に話したよ、どうか、死刑にしてくださいって、何度も。でも、あいつ、ちっとも信用しない。おまえはどこもおかしくないって、弁護士にも言うなって……もう、むかつくわー」

吐き捨てるように言うと、高津はしばらく目を伏せた。

「それで、自殺したくなった？」

「そうそう、ほかに逃げ道ねえもん。楽しいって思うときなんてないよ、だから、死にたくなる」

あの日、はじめて高津の正体を見た、と岩田は感じた。高津はある意味、正常な人間にほかならないのだと。

カーンカーンカーン……

腕時計を見やった。午後五時。

ナザレ修道院の鐘の音。

しまった。時間だ。

耳元に残った奈津子の声をふりきるように、池から離れた。

御殿山の小径を駆けあがる。

公園を横切った。鬱蒼《うっそう》としている。人気《ひとけ》はない。しかし、駅にむかうにはいちばんの近道なのだ。ちょうど、昨日のいまごろ、山根もここを通った。痴漢を撃退するために。

犯行現場のほたる橋には、テーブルが三脚おかれていた。その上は、色とりどりの花束やジュースや酒でびっしりと埋めつくされていた。

その前で、真っ白な上着を着た若い女が、膝を折り手を合わせて、じっと拝んでいる。根が生えたように、その場から離れようとしなかった。髪はショートボブにまとめ、腰がよく締まっていた。近づいて顔をのぞきこむと、潤んだ大きな目元から頬に涙のたれた跡がついていた。

「失礼ですが、山根さんのお知り合いですか？」岩田は声をかけた。

女は眉根に不快そうな色を浮かばせ、立ち上がると、わずかにうなずいた。バレーボールでもやっているような長身だった。

「大変な目にお遭いになってしまって……」

岩田が言うと、ふたたび、女は喉の奥からくぐもった嗚咽《おえつ》を洩らした。

「亡くなられた山根巡査部長さん、さぞご無念だったと思います」

岩田が声をかけると、女は顔をこちらにむけた。

名刺入れから名刺を一枚抜き取り、むりやり、その手に握らせた。

「東邦新聞の岩田と申します。わたし、高津の……犯人の記事を書きました。ご存じでしょうか？」

女は混乱した表情を見せた。鼻筋の通った美しい顔立ち。軽くひき結んだ唇が意志の強さを感じさせる。

「なんとしてでも犯人を、一刻も早く捕まえてほしいと、それだけを祈ってます。こんなことになってしまい、残念でなりません」

「……はい」

ようやく、女は低い声を発した。

「山根さんのフィアンセの方ですね？」

あてずっぽうを口にしてみると、女は首を縦にふった。

「よければ、お名前、お聞かせいただけませんか？」

「永井……です」

「下のお名前は？」

「友子」

「さぞ、ご無念かと存じます。また機会がありましたら、山根さんのことを……」

永井は最後まで聞かずに、その場できびすを返し、立ち去っていった。

入れかわるように、花束や線香をたずさえた三人の老人がやってきた。長テーブルの端にそれをたむけると、手を合わせて拝みだした。

女を追いかける気は失せていた。しつこく、追い回しても答えてはくれないだろう。こんなとき、新聞記者を相手にする気になど、なれないにちがいない。

あらためて、そこにいた三人から話を聞いていると、相羽《あいば》から電話が入った。

「そろそろ記者会見です」

「わかった。すぐ行く」

12

「高津の身柄確保の見込みはついているんですか?」

「残念ながら、午後六時現在、高津の身柄は確保できておりません」捜査一課長が質問に答えた。

吉祥寺署四階の講堂は、昨日と同じく報道陣ですし詰めだった。ひな壇には捜査一課長をはじめとして、管理官の奥寺や捜査一課の理事官がそろっていた。吉祥寺署の署長や副署長の菊地、そして末席に地域課係長の梅本がいる。

「飛んだ先はわからないのですか?」

「高津の土地勘のある横浜市北西部、瀬谷区、泉区を重点に捜査員を派遣しています」

「吉祥寺に潜伏している可能性は排除できないんじゃありませんか?」最前列に陣どる甲南新聞の記者が噛《か》みついた。

「現在、管内の盛り場や簡易旅館、カプセルホテルなど、重点的にパトロールを続行しております」

別の記者が手を上げた。「高津が吉祥寺へきた理由ですけど、なにかありますか?」

「いまのところわかっておりません。ただ、中央線に乗り新宿方面にむかった場合、吉祥寺駅は降車しやすい駅であった可能性は否定できません。井の頭線等に乗り換えると容易に横浜方面へアクセスができる。いずれにしても、高津の身柄確保まで、全力をあげるとしか申し上げることはできません」

「高津が刑務所を出たときの服装がわかったと聞きましたが?」

「下は紺のジャージ。上はグレーのナイロン製ウインドブレーカー。靴はナイキ・エア・コンピート。ビニール製の旅行カバンひとつを持っているものと思われます」

相羽が席を立った。「高津は大西吉和という元受刑者とともに出所したという情報がありますが、いかがですか?」

「それにつきましては、大西本人と会って調べがすんでおります。大西は高津とはそれ以前には面識がありません」

「府中刑務所在監中の高津の様子はどうだったんですか?」

「様子というと?」

「殺人衝動がひどかったようですが、改善しましたか?」

「それについては、現在、調査中です」

相羽はちらりと顔を岩田にむけてきた。岩田は深追いするなというつもりで、首を横にふった。

「理事官にお伺いしますが、亡くなられた山根巡査部長についてですが、警察葬を行う予定はありますか?」別の記者が訊いた。

「いまのところ、ありません」理事官は言った。

「山根巡査部長は職務にご熱心な警官で、地元の方々の信望が厚かったということですが、これについてコメントはいただけますか？」

「たいへん責任感の強い優秀な警官でありました。わたくしどもと致しましては痛恨の極みでございます。記者会見は以上で終了いたします。また、報告事項が発生した段階で随時開きます」

退席していく幹部を見送り、三々五々報道関係者が講堂をあとにする。岩田は先を見越して階段わきに立った。

他社の記者たちは、小判鮫のように捜査一課長や理事官をとりかこんで、階段をくだってゆく。その行列から少し離れて、すっと背筋の伸びた警官が近づいてきた。

岩田はその警官の前に出た。

「梅本さん昨日はどうも」

岩田が声をかけると、吉祥寺署地域課係長の梅本は、口の中で何事かつぶやき、岩田をよけて歩きだそうとした。その耳元に、

「今日、府中刑務所に行かれたそうですね？」

と吹きかけた。

梅本の足がとまった。

「ひとつだけ、お聞かせください」

梅本は離れていく前方の集団を気にしながら、迷惑げな目で岩田をふりかえった。

「高津は刑務所内でも精神的な状況は改善されなかった……ちがっていたら、首を横にふってください」

梅本の額に陰鬱そうな横線が浮きあがり、わかってるじゃないかという訴えが読めた。

岩田が軽く会釈すると、梅本はちぢこまるように背中を丸めて、集団に追いついていった。

「所轄の係長をいたぶっちゃだめだな」

ふりむくと奥寺管理官がいた。

「人聞きの悪いこと言わないでくださいよ」

「そう見えたぜ」

「また……ときにテラさん、山根巡査部長、偽ブランドの調べをしていたようですね」

「なんだそれ？」

岩田は山根が、パチンコ店の景品になっているコーチのバッグの真贋検査をしていた可能性があることを話した。

「そんなこともしてたのか、熱心だな」

「ご存じでしたか？」

「初耳だ。本署の生活安全課ならわかるだろうが、山根は交番勤務だったからな」

「署のほうから頼まれたんじゃないですか？　山根さんは生活安全部の刑事志望でしたで

しょ」

「みたいだな。でも、所轄の生安がそんな依頼を地域課に下ろすかな……」

「山根さんは休みを使って、生安課の仕事を手伝っていたと菊地さんから聞きましたけど」

「ああ、吉祥寺署の武蔵野塾に入っていた」

「武蔵野塾？　なんです、それ？」

「刑事志望の若手の面倒をみるのだよ。あちこちの署でやってるだろ？」

地域課や交通課には、刑事志望の若手が多くいる。彼らは非番や週休のときに、希望する刑事課や生活安全課に出むいて実務を学ぶ。警視庁では、それをよく何々塾と称しているのだ。

「なるほど、点数を稼ぎたかったのかもしれませんね」

「イワさん、ところでそのバッグが署に持ちこまれたのはまちがいない？」

「この目で見ました」

「そうか……熱心な警官だよ、惜しいことをした。あちこちで評判を聞くしな」

「そうみたいですね」

島岡と相羽が近づいてきたので、奥寺は立ち去っていった。

「署の裏口のほう、回ってみましたよ、お偉方の数、半端じゃないですからね。本部の生活安全部長までお出ましだし」相羽が言った。

「身内が殺されてるんだ。発破《はっぱ》のひとつもかけたくなるだろ」

「なにかネタでも？」

偽ブランドのバッグのことをかいつまんで話すと、

「キャップ、なんて店です？」

と島岡が乗ってきた。

「エルベ。この裏手だ」

「そのコーチのバッグはパーラーダイヤの景品？」

「そうらしい」

「当たるだけ当たってみましょうか」

島岡は、学生時代、パチンコで生活費を稼いでいたと豪語しているパチンコマニアだ。そんな島岡をパチンコ店にやれば、ミイラ取りがミイラになりかねない。

「行ってもいいが適当にしとけよ。おれはこれから通夜に行く。おまえたちは聞き込みをつづけろ」

部下たちが雑踏に消えるのを待って、岩田はタクシーを探した。

13

山根巡査部長宅のある練馬区大泉の住宅街は、異様な熱気に包まれていた。狭い路地にテレビ局の中継車がとまり、記者が入り乱れて、警備に当たる警官と押しあっていた。建坪にして三十坪ほど、古びた二階家がまばゆいライトを浴びていた。忌中のぼんぼりの前で、六名の警官が、がっちりとガードしている。岩田は人垣をくずしながら最前列まで突破した。

だめか、と思っていたところに、「どいて、どいて」と怒鳴り散らす声がした。

家をとりかこむ人垣が割れて、ふたりの警官が現れた。吉祥寺署署長の大塚と、同じく副署長の菊地だ。

「菊地さん」

岩田が声をかけると、菊地は岩田の顔をのぞきこんで、「あんたか」と小声で言った。

「なんとか、お願いできませんか？　代表取材ということで」

菊地は署長の大塚を先に家の中へ送りだした。

菊地の腕をつかんだまま、岩田は山根の家族のことを訊いた。

「母ひとり、子ひとり、おやじさんは山根君が大学のときに肺ガンで亡くなった、そんなとこでいいだろ」

「副署長、せめて、ご焼香だけでも、させていただけませんか？」

岩田は遠慮なしに、人の良さそうな菊地の丸い目をのぞきこんだ。

「こまるなあ、断らせてるんだよぉ……おたくだけにさあ……」

「そこをひとつ」

言いながら、岩田は菊地の背中を押すようにして玄関の戸をくぐる。

「ぬけがけかぁ」

という声を浴びながら、戸を閉める。

ずらりと並んだ黒靴の隅で、菊地と向き合う。

「副署長、高津はいまだに殺人衝動にとりつかれているようですね？」

菊地はまなじりを決して、岩田を見つめた。

「たしかな筋からです。そうですよね？」

菊地は肩で息をつき、まあ、いいか、という顔つきを見せた。ここは突っこむしかない。

「出所してすぐ、高津は吉祥寺にきたって情報がありますけど、どうですか？」

「どうなんだろうなあ……刑務所側が言うには、高津は制服に対して異常な関心があったそうだが」

菊地はつい口を滑らしたとばかり目をそらし、靴を脱いで上がった。

制服に関心……警官に暴行されたことがよほど骨身に染みているのか。

幼い頃、警官だった父親から暴力を受けていた。高校生だったときも、成人してからも事件を起こすたびに、警官から暴力を受けた。……それが今回の事件の引き金になったのではないか。

「山根さんは武蔵野塾に入っていましたよね？」

「どこから聞いたの？」

「たしかな筋です」

「……山根君はさ、売り込みに必死だったよ。だから署長も警察学校の生活安全捜査任用科に推薦してたんだよ。あれって、年に二度しかないから、狭き門なんだよ。来年には、晴れて生活安全課の刑事の仲間入りをするはずだったんだ。さあ、これからってときになぁ……」菊地はふいに我に返ったように、声を低めた。「君のおかげで、ホシが割れたのはありがたいけどさ。これで、貸し借りなしにしてもらうよ、いい？」

「すみません、恩に着ます」

離れていく菊地の背にむかって、

「ほたる橋の現場で、山根さんのフィアンセと会いました。彼女はまだ、お見えではないようですね？」

「それはだめだろう、そのことはさ」菊地はふりむいて言った。「プライベートは御法度《ごはっと》だろ。変に突っこまないでくれよ……本人のこともあるんだしさぁ、困るなあ。あれこれ、ほじくりだされてさぁ、天国の山根君も迷惑してるよ。もういいだろ」

「はあ」

そのとき、玄関から喪服を着た男が入ってきた。小太りで長めの銀髪。メガネが鈍く光った。警官らしくない。

「審議官、どうもご苦労様です」

審議官といえば警察庁の役人だろう。お偉方も続々、弔問にかけつけるようだ。通夜の席でこれなのだから、明日の公葬は警視総監まで姿を見せるかもしれない。

菊地が玄関の戸を開いたと思ったら、腕をつかまれて外へ放りだされた。

待ちかまえていた報道陣に中の様子を口頭で伝えた。

「えっ、それだけ？　写真は？」

「ないない、撮影禁止」

「馬鹿野郎っ、ぬけがけしやがって」

怒声の中、人混みをかきわけて報道陣の人垣から外に出た。

携帯が鳴った。相羽からだった。

「トバシ携帯を売りつけた男、警察が確保したようです」

「本当か？　いつ？」

「一時間ほど前。署にいるらしいです」

「よし、すぐ行く」

14

「柳田竜次《りゅうじ》、二十八歳、無職、住所不定。長野出身です」せかせかした口調で相羽が言った。

「どこでぱくられた？」

「駅南口の路上」

「で、高津は？」

「それがまだ、さっぱり。で、ぱくられたとき、柳田は覚醒剤を所持していたらしいんですよ。しかも、大量に」

「ヤクの売人か？」

「トバシと両刀づかい。高津もヤクを買ったというような供述をしているようです」

　――覚醒剤のせいか。警官殺しは。

　かつて、高津は覚醒剤に手を出して依存症だったこともある。出所してすぐ覚醒剤を打ち、凶行に及んだ……柳田という証人が現れた以上、そう見てとるのが合理的だ。

「柳田は前科《マエ》があるのか?」

「まだ、わかりません」

「山根の調べていたコーチの偽バッグ、出所がわかりましたよ」島岡が話題を変えた。

「キャップの読みどおり、パチンコ屋です」

「パーラーダイヤ?」

「ええ、ライバル店をつついたら、すぐわかりました。景品で出していたらしいんですが、三月のはじめ頃から偽物の噂が流れて、店側がすぐ引っ込めたそうです。それを山根が聞きつけたんでしょうね。ひと月かかって、山根はそのバッグを探しあてて、セレクトショップに真贋鑑定を依頼したようです」

「偽物を出してたら、まずいだろうからな。ま、寄り道はそれくらいにしようや。それより、もう少し、柳田の情報がいるなあ」

岩田は署の一階フロアを見わたした。記者やフリーライターがあちこちでかたまっている。話しこんでいる様子からすると、東邦がいちばん出遅れ気味のようだ。相羽のわきを、脂肪の浮き出た顔をした四十面の男が通りかかった。

「おい、モッチャン」岩田が呼びかけると、男は片目をつむり、しまったというような顔で岩田に目をくれた。

甲南新聞東京本社社会部の本吉則行。オウム戦争の頃、最前線でやりあった男だ。

「刑事課、入れてくれたのか？」

「よせやい」本吉がいなすように言った。

「柳田だ。どこまでいった？」

「なんだよ、それ？」

「とぼけるなよ、高津にトバシ携帯売った野郎だ。いつ、高津に売ったのか知ってるだろ？」

「あっ、そうなの」

「だから、とぼけるなって。たったいま、通夜に行ってきたぞ」

「どうだった？」

「なしだ。少し、ネタわけてよこせや」

本吉は相羽に一瞥《いちべつ》をくれると、背をむこう側にむけた。「おたくら、宮瀬にかかってる？」

岩田は耳を疑った。

どうして、宮瀬の名前が出てくるのだ。勝又の顔がよぎった。あいつ……他社に洩らしたのか。

岩田は本吉に耳打ちした。「宮瀬ってどこの宮瀬？」

「しらばっくれるなよ、自由党の宮瀬に決まってるだろ」

本吉は左右に気を配り、仲間がいないことを確認すると、うつむいてしゃべりだした。

「吉祥寺署と一課は喧嘩だ。知ってるな？」

「陣取り合戦みたいなもんだ」

「互いに情報もやりとりしねえ。署長以下、なんとしても高津の首根っこ上げると息巻いてるしさ。一課とは別にホシ捕りに出むいてるって噂だぜ」

「むりもないだろ。自分とこの警官が殺《や》られたんだ。一課もヘチマもあるかって」

「まあ聞け。公安筋から聞いた話だ。本庁が監察を動かしているって妙な噂が流れてきた」

「知らん、なんだ、それ？」

本庁とは警察庁だ。殉職警官の扱いに異論があり、警視庁の監察を通じて口を差しはさんできたということか。

「それだけだ。事件が事件だけに、本部が相乗りしたいのが見え見えだ。それより、柳田は一課の聞き込みで挙げたらしいぞ。聞いてないか？」

「通夜に行っていて聞いてない」

「柳田は闇金の前科持ちだ。本部の二課がらみの情報で挙げたということだ。柳田が言うには……」

「待てよ、モッチャン。おとといの夜七時に、東急裏で高津にトバシ携帯を売りつけた。

覚醒剤もついでに……か？」

「知ってるなら言えよ、まったく、ちぇっ」

「そのくらいガキでも知ってるぞ。柳田はどこの刑務所に服役していた？」

「前橋刑務所。おととし、懲役一年くらってる」

それならば、府中刑務所にいた高津と知り合ったという線は消える。

「モッチャン、そのあとだ、高津はどこへ飛んだ？」

「わかりっこねえよ、そんなの」

岩田はものも言わずに、本吉から離れた。

「おい、そっちこそ、ネタは？」

「知るか」

フロアから記者の姿が消えだした。岩田は玄関から外に出た。

署の中にもどろうとしている相羽をひきとめて、

「カッチン、帰るぞ。シマとゼンさんにも引きあげるように伝えろ」

「了解、帰らせます」

「おまえは？」

「高円寺」

岩田は腕時計を見た。十時半。

もう記者会見はないだろう。

「回答期限は明日だろ？　今日もつっつく気か？」

「いるかどうかの確認ですよ。高飛びされちゃまずい」

「わかった。明日もあるぞ」

岩田はそう言い残して駅にむかった。

15

西小山駅で降りた。人気《ひとけ》の絶えた立会川緑道を歩いた。自宅のドアフォンを鳴らした。ロックが外されると、寝間着姿の奈津子が現れた。

翔太は、と口から出かかった。奈津子はさっさときびすを返して、居間にもどっていった。

玄関脇のドアの前で、部屋の内側の様子をうかがった。

明かりは消えているようだ。ゲームの音も聞こえてこなかった。狭い廊下に、段ボール箱が三つ積み重なっていた。通販業者らしい名前が箱に書かれている。いちばん上の段ボール箱の封が切られていて、黒のシースルードレスが見え隠れしている。奈津子の趣味ではない。

居間に翔太の姿はなかった。

「うどんあるけど食べる？」流しにもたれかかり、奈津子が訊いてきた。

「卵を落としてくれ」

奈津子は土鍋に水を入れてガスコンロにおいた。

「翔太は？」

「部屋」さほど関心がなさそうに言う。

「廊下にあるのなに？」

「買い物に出て、帰ってきたらあったの。翔太が注文したのよ、勝手に。深夜のテレビ通販」

無性に腹が立った。他人事《ひとごと》のように話す奈津子も気にくわなかった。ひと言、言わなくては虫がおさまらなかった。腰をあげたのに気づいた奈津子が、「もう寝てるわよ」と背中をむけたまま言った。

岩田は翔太の部屋の前まで歩き、軽くノックしてドアを開けた。

蛍光灯は切られていた。ベッドサイドのスタンドが点いていて、うつぶせ寝をしている翔太の後頭部を照らしていた。

「起きてるか？」

声をかけると、翔太は毛布の下で身体を左右に動かした。

壁のスイッチに手をやり、蛍光灯の明かりをつけた。

「ああ……うん」

骨ばった肩が動き、上体が少しだけ持ち上がった。

「廊下のなんだ？」

「ああ……別に」

「かあさん、困ってるぞ」

「…………」

「翔太、こっちをむきなさい」

翔太はもぞもぞと起き上がり、ベッドの上にあぐらをかいた。うなだれたままだ。

「学校、行かなくていいのか？」

翔太は伸びた髪の毛をかいた。

「このまま、ずっと家にいるのか？」

少し頬をふくらませたが、目線を合わせようとしない。

岩田はつとめて冷静に声をかけた。「まだ、新学期がはじまってひと月経ってないんだからさ。いまからでも、遅くないと思うぞ。病気で行けなかったって言えばすむし。一度、行ってみちゃどうかな？」

「えーと……無理」

なにが無理なのだ。どうして、そう決めつけるのだ。

「嫌なやつでもいるのか？　もし、そうならおとうさんが先生に伝えてやるぞ。先生は、なんでも言ってくれということだった。我慢することないぞ」

「やなもんはやなの、それだけだってばあ」

なんという言葉づかい……まるで小学校の低学年だ。

「なあ、ショウ君、ほんのちょっとのことだけだと思うよ、とうさんは。クラスに入るとき、最初だけちょっといやかもしれない。だけど、すぐ慣れるさ。ちょっとだけだよ、ほんの少し我慢すればいいと思うんだ」

「うっせー」

翔太は、みずからを叩きつけるようにベッドに横になった。毛布をすっぽりと頭からかぶる。

しばらく、言葉が継げなかった。

奈津子は援軍に駆けつけてこない。わが子がこんな有様なのに。いまこそ親が必要なのに。しかし、どう声をかけていいのかわからない。とっさに思い出したのは島岡の使っている携帯だ。

岩田はおそるおそる、顔のところだけ毛布を引き下ろした。

翔太が顔をさっと反対側にむける。

「ショウ君、明日、街に出て携帯買おうか……」

「………」

「スマートフォンなんていいと思うけどな」

どんどんと翔太がベッドに拳を叩きつけたので、岩田はベッドからあとずさった。

「いい加減にしなさい、翔太っ」つい、声を張り上げていた。「だめだろう、そんなことじゃ」

このまま不登校になってしまったら、とりかえしがつかない。高校どころか中学さえ……そのあげくにニート……。そうなってからでは遅すぎる。いまここで、なんとかしなくてはならない。奈津子はすっかりあきらめてしまったようだ。もう、自分しかいないのだ。しかし、なにをどう話せばよいのか。

「翔太、とうさんとひとつだけ約束してくれない？　せめて昼間は起きること。これだけは絶対に守ってな、いい、わかった？」

「わかったって……」

「明日はふだんと同じように起きよう、な、とうさんといっしょに学校へ行こう」

翔太はうつぶせのまま、首を激しく動かして、うなずく様子を見せた。

居間にもどった。

「そんな格好でいると風邪、引きなおすぞ」

パジャマ一枚で旅行雑誌をめくっている奈津子に、つい小言が出た。

これまで、翔太のことはすべて、奈津子まかせだった。オウム戦争が終わって数年、相変わらず警視庁記者クラブ暮らしがつづいていた。幼い翔太が手間のかかる時期と重なった。くる日もくる日も夜討ち朝駆けがつづいた。帰宅するのは午前二時すぎ、明け方の六時にはもう、ハイヤーがマンション前で待ちかまえている。たまに早い時間帰宅すると、よちよち歩きの翔太は、岩田を見て、母親の陰にすっと隠れた。他人を見るような目つきが悲しかった。

それでも、抱っこをして風呂に入れてやれば、父親だとわかってくれた。早朝、家を出るとき、母親とともに玄関まで送ってくれた。そしてひと言、『また、きてね』だ。そんな日々がつづいた。気がつくと、翔太は小学校に入っていた。

せめて、中学受験ぐらいは力になりたい。そう思って、仕事帰りの一杯もやめて早めの帰宅を心がけた。休みには苦手だった算数の勉強を見てやった。受験の説明会にも夫婦で出席した。それがこのざまだ。

たった二週間であきらめてしまった奈津子は、どうかしている。

「明日、どうする？」岩田は言った。

「明日？　なに？」

「なにって翔太。ほうっておくのか？　今日みたいに」

「ほうってなんかいないわよ。毎朝、きちんと起こしてます。学校行く行かないはあの子次第」

責任を放棄したような言いぐさに、岩田は神経がささくれだった。

「それをどうにかするのが、親の役目じゃないか」

「どうにかって、どうなるのよ」

「だいたい、おまえ、きちんと話しているのか？　そんな本ばっかり読んでいて」

奈津子は雑誌を机の上に叩きつけるようにおいた。

「あなたの将来のことなんだから、あなた自身がよく考えなさいって、もう何度言ったかしれないわよ。ここまできたら、本人が責任を引き受けるしかないじゃない。わたしにどうしろって言うのよ」

語気に押されて岩田はすぐ、返答できなかった。

「……とにかく、はやいうちに手を打たないとだめだろ。とりあえず、明日、おれが学校につれていくから」

「はいはい、わかりました。わたしは寝ますから」

ひとり取り残された居間で、うどんをすすり、お茶を飲んだ。

シャワーだけ浴びて湯船にはつからず、ベッドに横になった。

翔太の部屋から、ゲームの音が伝わってきて、なかなか寝つくことができなかかった。

16

……プッ、プー。

あの音は……。

目を閉じたまま、頭だけ覚醒した。

ゴッツ、ゴッツ、ゴッツ……。

居間からだ。

サイドテーブルの置き時計をこちらむきにした。

午前三時五分。

まぎれもないファックスの着信音。岩田は全身が硬直した。

寝床から抜け出て裸足《はだし》のまま居間へ走った。

なにかのまちがいではないか。そう願いながら、居間の明かりをつける。ファックスが紙を吐き出している。見えない手で顔をはたかれたような気がした。

ベタグロの大見出しが目に飛びこんできた。

甲南新聞朝刊。無署名。

〈通報せず　殺人事件は防げた？〉

全身の血が凍りついた。

〈……関係者によると、一昨日、井の頭公園で起きた警官殺人事件について、犯行の直前、東邦新聞の記者あてに、犯人と思われる人物から殺人を予告する電話が入っていたことがわかった。記者は電話のあったことを警察に通報しないまま、犯人の教えた犯行現場に出むいた……警察への通報を怠ったことにより、結果的に犠牲者が出たことは明らかで……〉

心臓がとまるかと思った。まちがいではない。この自分のことを言っているのだ。いったい、どこのだれが洩らしたのだ。スクープのためなら血も涙もなしか……。

ほとんど同時に電話が鳴った。反射的にとる。

「岩田」三宅の声がした。「見たな？」

「見ました」

「明け方にゃ、苦情電話が鳴りっぱなしになるぞ」

「洩らしたのはだれですか？」

「わからん」

「くそっ……」

「覚悟しとけよ」

岩田は電話を切り、その場で放心した。

八時ちょうど社に出た。社会部デスク席で、赤鬼のように顔を紅潮させた三宅が待ちかまえていた。右手をふりあげるように、後方の編集局長室を指した。

木目模様の壁のドアは半開きになっていて、明かりが洩れていた。

二度、ノックして局長室に入った。

三人の視線が岩田に集まった。重役椅子におさまった尾形とその背後に宇田川販売局長、そして、壁際には常務の関。

「どの面下げてきた？」

尾形が口を開くと、宇田川のセルロイドメガネの奥にある目がぎらりと光った。

「こいと言われたので来ました」

「だれだ？」

「なにがです？」

宇田川が敵意のこもった口調で言った。「洩らしたのはどこの馬鹿だ？　おまえがいちばん、わかってるだろ」

「見当もつきません」

「嘘つけ」

まさか、と岩田は思った。

もしかして、目の前にいる男か。

いや……かりにも自分の部下ではないか。こんな記事を洩らせば、みずからの命取りにもなりかねない。東邦にとって、よいことなどひとつもない。

いったい、だれが洩らしたのか？

岩田の書いた記事はあちこちで話題になっている。事実、取りあげている新聞社もある。岩田の名前をちらつかせて、警察関係に当たれば、案外、簡単に引きだせたかもしれない。

「謝罪文を書いておけ」

尾形が浴びせかけてきた。

「……どんなですか？」

「考えろ。おれはこれから桜田門だ。警視庁の刑事部長に会いに行く。そこでの話し合い次第で、おまえの進退が決まる」

「呼ばれたんですか？」

「呼ばれる前に行くんだよ。わかんねえやつだな」

この自分のせいで、人が死んだとでもいうのか……。あのとき、警察に通報すれば、あの警官は死なずにすんだのか。

マイセンに注がれたコーヒーを、尾形はまずそうに飲み干した。

「とりあえず、社長には報告をあげた。今日のところは、こっちに一任だ。今度こそ、命取りだな、おまえも」

「まだ事件は解決していません」

「解決もへちまもねえだろが。この際、きっちりさせてもらうぞ」

なにをどう？　九州へでも飛ばすつもりか。それならそれで、かまわない。だが、このヤマが終わるまではテコでも動かない。

「文句あるのか？」

「このヤマはつづけさせてもらいます」

成りゆきを見守っていた関がたまらず、

「やつを生け捕りにでもするつもりか？　たいがいにしやがれ」

「そうではありません。本筋にかかわる記事を書くまでです」

「よく、わからんな、てめえの言ってることたぁ。いいから、謝罪文書いて持ってこい」

「それは仕事じゃありません」

「……いい度胸してるじゃねえか、岩田。その本筋ってやつを見せてみろ、ただし、今日中だ。遅れてみろ、容赦しねえぞ。さっさと行きやがれ」

「……はい」

局長室を出た。特命班の部屋にむかった。

ドアを開けると、四人の部下がふりかえった。

甲南新聞を見ていた深沢が口を開いた。「キャップ……」

「なんです、幽霊見たような顔して」

「だいたい、キャップが警察に通報したとしてもですよ。犯行を未然に防ぐことなんて不可能だった」島岡が口をはさんだ。「警察だって無視するに決まってるじゃないですか。へたすると、業務妨害でキャップがつかまりますよ」

「……かもしれんな」

「常識のある読者は、みな、そう思ってますよ。上はかばうべきなんだ」

と相羽が言う。

「このヤマ、うちらだけで追うことになった」

「ベルリンの連中、俺らに宮瀬の件を打たせまいとして……」

「カッチン、そっちも同時進行に決まってるだろ。ね、キャップ」

と深沢。

「むろんだ。高円寺のほう、ゆうべはどうだった?」

「……います。まちがいなく」

「いよいよ今夜だな」深沢が言った。「ここまで待ってやったんだから、今日こそ当てろよ」

「当てるに決まってるでしょ。なに言ってるんですか」

「まあまあ、おふたりさん、気を静めて」お玲が取りつくろう。

〈通報せず〉

甲南の見出しが、頭に張りついて消えなかった。

……敗北。

このままではまずい。へたをすれば記者生命を断たれる。なんとかして、はね返さなくては。

満期出所した高津が、どこをどう通って吉祥寺にたどりついたのか。気になることはそれだけではない。府中刑務所の五年間、高津の精神状態は改善されなかった。

『おれは人を殺してしまうかもしれない』

刑務所の中で高津は、そう訴えつづけたにちがいない。

そんな男をあっさりと出所させてよかったのだろうか……。それに比べれば、殺人を予告する電話が入ったことなど、ささいなことにすぎない。

岩田はふたりの部下の顔を見やった。

「カッチンは吉祥寺署をたのむ。幹部に張りついて高津の情報をとれ。ゼンさんは山根巡査部長の泣かせる話を仕入れてください。吉祥寺署の連中が使う飲み屋も知りたい」

警官たちは一般人が行くような店では飲まない。心おきなく飲めないからだ。だから、どの署でも警察専用の飲み屋はいくつかある。そこでは、仕事がらみの話も飛びかうのが常だ。

17

十一時をすぎて、東海道線の車内は混みあっていた。島岡はスマートフォンのメールチェックをはじめた。リアルタイムで配信されてくるニュースだ。高津の事件について、新しい情報が分刻みで飛びこんできているはずだ。

「キャップの名前出ちゃってますよ」

「好きにさせとけ」

「しかし、高津って野郎、どうしてキャップに電話なんてしたんだろう」

「本人に聞けよ」

大人になりきれていない島岡といると、翔太と話しているような錯覚に陥ってしまう。

甲南新聞のファックスを見てから一睡もできなかった。腫れ物にさわるような感じで、翔太をベッドから引き抜いて、朝食を食べさせた。学生服に着替えさせ、ふたりしてなだめすかしながら車に乗せて、南馬込にある学校に着いた。

「さ、ショウ君、がんばって行こう」

ふて寝する翔太に声をかけると、横から奈津子がその身体をつついて、車から降ろした。

五分後、奈津子がもどってきた。

「先生と相談して保健室に入れてもらいました」

妙に硬い感じで奈津子に言われたが、とりあえず、学校の敷地に翔太が入ったことで、岩田は人心地着いた。

そのまま、もよりの大森駅まで送ってもらい、出社したのだった。

列車は川崎駅を出た。

「昨日、聞き込みの帰りに、東口交番のぞいてみたら、ひまそうにしてた警官がいたんで、山根のこと、聞いてみたんですよ」島岡が言った。

「口、堅かったろ？」

「そこそこには……山根と同じ組の巡査らしくてですね。二年後輩だそうですけど。それが言うには、山根という警官、コブクロが好きで、休憩の時間はよくウォークマンで聞いていたそうなんです。それが先月あたりから、クラシックを聞くようになったとかで、モーツァルトの『フィガロの結婚』とかね」

「音楽の趣味か……もう少し、良いネタないもんかな」

「……ですね」

岩田は五年前、高津の事件を担当した弁護士の言葉を思い起こした。

『……高津と面会して、何度目だったかなあ、あいつ、人を殺しちゃう夢を見るんで苦しいから助けてって言われてさ。たまげたよ。人を何カ所も刺して殺す場面ばかり浮かんでくる。絶対に出たらやると思うから、どうぞ助けてくださいって拝み倒された。治らなかったらどうするのよ、って訊いたんだよ。そしたら、なんて言ったと思う？　死刑にしていただくしかないです、だぜ。あんときはおれも、どうしていいのかわからんかった』

高津は、第二第三の犯行におよぶかもしれない。出所したときの様子はどうだったか。どこをどうめぐって吉祥寺にたどりついたか。なにか、ひとつでもいい、ヒントになるものを手に入れなければ。

岩田はメモ用紙に字を書きつけて島岡に渡した。

「おまえはこっちへ回れ」

「磯子ですか？」

前々刑で服役した横浜刑務所を出所したとき、高津は磯子にある〝善彰会〟という保護会に一時預かりになった。出所者がまとまって暮らす施設だ。高津は半年ほどそこにいたが、暴力沙汰を引きおこして追い出されたことを話した。

「……なるほど。で、キャップはどこへ？」

「あとで合流する」

十分後、横浜駅に着いた。岩田は島岡と別れ、駅の東口からタクシーに乗り込んだ。

第一京浜を川崎方面にむかった。ＪＲ子安駅をすぎて入江橋の交差点を右折させた。角にあるコンビニの駐車場に入ってもらい、岩田は車から下りた。潮と油の混ざった匂いに鼻をつかれる。すぐ先に子安運河があり、その角に男がふたり立っていた。ホシ捕りにやってきた刑事と思われた。

運河にゆきついた。運河沿いの道に沿って木造の家が建ち並び、その前の水路にびっしりと漁船が係留されている。白い天ぷら屋ののれんがゆれている。岩田は早歩きで店に近づいた。刑事たちの視線を受けながら、のれんをくぐった。

ウナギの寝床のような長いカウンターに、客はひとりしかいなかった。

短い髪にねじり鉢巻きをした店主が、油の煮え立った鍋で天ぷらを揚げていた。奥の洗い場から、割烹着《かっぽうぎ》を着た女が岩田を見やった。

高津秀美だ。

省吾の三つ年上の姉。高津の取材を通して、何度か会って話を聞いたことがある。省吾にとって、秀美は幼い頃から唯一心を許せる肉親だ。つらい過去の現実をすべて知っている。一度たりとも裁判を欠席せず、弟とともに罪とむかいあった、ただひとりの肉親。五年前、婚約にこぎつけた相手がいたが、省吾が事件を起こしたのが元で破談している。

岩田は、奥にある三畳ほどの日本間に招き入れられた。

「急で申し訳ありません」

岩田が詫《わ》びると、秀美は上がってきて襖《ふすま》を閉めた。

五年ぶりになるだろうか、秀美の頰の肉はいくらか豊かになったような気がする。目の上のくぼんだ二重まぶたと薄い唇は、高津省吾と同じだ。

「岩田さん、ごぶさたしてます」

「こちらこそ、すっかりごぶさたしてしまって……秀美さん、きてますね」

外にいる刑事たちのことを言うと、秀美は眉間に縦じわをよせて、うなずいた。「おといの夜からいます。弟の居場所をしつこく聞かれて……」

「そうですか……」

「くるわけないのに」

憂いをふくんだ目で秀美は言った。

「ぼくも、そう思います」

「あの、岩田さん、今度の事件も……ほんとに省吾が……」

曇っていく秀美の顔を見ていると、五年前に逆戻りしたような気がした。

「残念ですけど、いまのところは、そう見ておいたほうがいいかと思います。刑事たちはなにか言ってきましたか?」

「ぜんぜん」

「そうですか……先にお詫びしないと。東京の本社に移ってからも、一度も弟さんのところに面会に行く機会がなくて、ずるずるきてしまいました。都合のいいときだけ伺って、申し訳ないなと思っていました。許してください」

「なにを仰《おつしや》います。岩田さんだけですよ、力になっていただけたのは。あとはもう、ほんとに……今日いらしたのは、またなにか……」

「ひとつ、気になっています。府中刑務所にいたときの弟さんの様子です。秀美さんから見ていかがだったでしょう？」

「……省吾の」

「彼の気質はどうだったでしょう？　お姉さんから見て、荒々しいところが消えたとか、そういうことはお感じになったことはありましたか？」

「省吾と会った最後は、今年のお正月です。お餅を差し入れに行きました。そのときは、ずいぶん、おちつきが出てきたと思いました」

「その前は？」

「十月に。まわりの人と喧嘩しちゃだめよ、って言ったら、『もう、そんな心配いらないよ』って。ずいぶん、自信にあふれた感じで言われて驚いちゃって。わたし、あと半年すれば出所ねって返事したんです。そうしたら、あの子、『うん、ねえちゃんとこの海老天丼を食べに行くよ』って……」秀美は目頭に浮かんだものをぬぐった。「『もう、かっとして人を殴ったりしない？』ってわたし、訊いたんです。『ぜんぜん、しないよ。悪いもの、ぜんぶ、どっか行っちゃった』って。そう言ったときの省吾の顔、まぶしいくらい明るくて……だから、こんなことになるなんて、わたし、岩田さん、ほんとに信じられなくて……」

しばらく、岩田は待った。

秀美の言ったことがたしかなら、高津省吾の精神状態はかなり改善していたことになる。

「秀美さん。省吾さんから出所日の知らせはなかったんですか?」

「四月には出られるというだけでした。正式な日を知らせてもらえば、わたしが迎えに行ったのに……そうすれば、こんなことには……」

「省吾さん、吉祥寺にお知り合いはいらっしゃいますか?」

秀美は首を横にふった。「それがわからなくて……吉祥寺なんて一度も行ったことないはずなんですよ」

「そうですか」

秀美は岩田から顔をそむけるようにしてつぶやいた。「……出所したとき、省吾から電話がありました」

岩田はまじまじと相手の顔を見つめた。

「電話が?　こちらに?」

「ええ、お店に。わたしが出ました」

「何時頃ですか?」

「ＮＨＫの連続テレビ小説が終わったあとですから、八時半を回っていた頃だと思います」

……小川食堂の公衆電話からかけた先はここだったのだ。

「で、なんと？」

「いま、出所したよって。ちょっと寄り道してから、姉さんのところに行くと言って」

「善彰会？」

「わたしもそう思って訊いたんですけど、ちがうらしくて。なんでも、『せせらぎ会』の人と会うようなことを言っていました。出所した人が社会にうまく適応できるようにサポートするボランティア活動をしている会らしいんですけど。三月の終わりにその会の方がおふたりで面会に来てくれて、会ったそうです。それを聞いて少し安心したんですけど……結局、行かなかったんだわ」

「三月にですか？」

「はい、そう言ってました」

気になる話だ。まっすぐ横浜へ帰らず、吉祥寺に足をむけたのは、そのせせらぎ会の人間と会うためだったのだろうか。警察はその情報をつかんでいるのだろうか。

いずれにしても、奥寺の耳に入れなくては。

「そのせせらぎ会というのは、事務所かなにかが吉祥寺にあるんですね？」

「それがよくわからなくて。わたしも、ご挨拶に伺いたいから、どこに行けばいいのかしらと訊いたんですけど、弟も知らないようでした」

「このことは警察には伝えましたか？」

「いいえ」

秀美はきっぱりと言った。

「わかりました。では、おいとまさせていただきます。突然で、すみませんでした」

岩田は腰をあげた。

「せっかくですから、ご飯召し上がっていかれません？」

「すませてきたものですから。では失礼します」

刑事たちは、相変わらずいた。

島岡の携帯に電話を入れた。収穫なしという報告を聞き、吉祥寺にもどって先発隊と合流しろと指示する。

もときた道を歩き、タクシーにもどった。

携帯で本社編集部の社会部デスク席に電話を入れた。

「社会部デスク」

三宅が出た。

名乗るとすぐ、意外そうな声で「どこにいる？」と返事が返ってきた。

「横浜にきています」

「横浜？　なんだそれ」

「いえ、特に……ところで、デスク、明日の朝刊、宮瀬のネタ、行けますよね？」

三宅が一瞬、沈黙したので嫌な予感がした。

「今日の夜、黒谷に当てますよ」

「わかってる」

「お願いしますからね」

「おお」

携帯を切ると、今度は、お玲に電話を入れて、『せせらぎ会』について調べるように命令した。元受刑者の社会復帰をうながす団体だ。そこに属している人間に会うことができれば、高津の立ち回り先について、情報が得られるかもしれない。

18

横浜駅のキヨスクには、正午発売のタブロイド紙の前垂れが派手に並んでいた。

〈東邦記者が殺した？〉

〈当局、東邦記者に重大関心〉

〈遺族側、東邦記者を提訴か〉

まとめて買い求め、渋谷行きの東横線特急に乗った。

批判記事に目を通した。どれも岩田の実名入りだ。しかし、片方で安堵した。どれも憶測にすぎないものばかりだった。

ほかにも事件の記事が目についた。

〈殺人鬼どこにいる？　高津省吾、出てこい〉

〈殉職警官　いまどき珍しい頑固お巡りさん〉

殉職した山根については、好意的な記事が多かったが、日頃から反権力を標榜《ひようぼう》する日刊東京はちがった。

〈山根巡査部長に不純異性交遊の噂〉

〈悪徳警官山根　パチンコ店に入りびたり〉

などと人目を引くタイトルが付けられている。一読、根拠のない噂以下のひどい代物《しろもの》だ。

ふと、学校にいるはずの息子のことを考えた。

自宅に電話を入れてみるか。

……まあいい。

とにかくも、学校に行けたのだ。明日からは奈津子にまかせておけるだろう。

吉祥寺駅に着いたのは午後一時半。

群がる人にまじって、キヨスクで東邦の夕刊を買った。

一面トップの見出しが目に飛びこんできた。

〈高津の行方わからず〉

ざっと記事に目を通す。

目新しいものはない。

だめでもともと思い、奥寺の携帯に電話を入れた。電話はすぐつながった。

「おう、御仁《ごじん》」

ほっとした。

「いま、どちらに？」

「署」

「会えませんか？」

「いまか？」

「いまです」

「……横丁のハモニカキッチン」

電話は切れた。

お玲から電話が入った。用件を聞いて切る。

北口のダイヤ街に入った。ヤマダ電機の前でテレビに見入る人垣ができていた。なにかと思ってのぞきこむと、山根和敏の公葬の中継映像が流れていた。

制服姿の警官たちが棺《ひつぎ》をかついで、葬儀場から出てくるところだ。吉祥寺署署長の大塚と副署長の菊地が正装で遺族のあとにつづいた。列の最後尾ちかくに喪服姿の永井友子がいる。

「イワさん、長居はできんぞ」

すぐわきに奥寺が来ていた。

「あっ、すみません」

おう、と奥寺はきびすを返し、狭い路地に入った。ハモニカキッチンの戸を開けて中に消える。そのあとを追う。

奥寺は立ち席の前でひじをつき、コーヒーをふたつ注文した。岩田もその横にならんだ。

「イワさん、電話通報が遅れた件な。いずれは、うちも発表するかもしれんぞ。警察が隠し立てしたように見られちゃまずい」

「もう少し、伏せておいてもらえませんか？　このとおり」

「あれだけ派手に報道されて、吉祥寺署側が黙っちゃいない。いつまでもってわけにはいかないぞ」

「そこを曲げて……」

「かけあってみるが」

「助かります」コーヒーを受けとり、一口、ふくんだ。「吉祥寺署の対応はどうですか？一課とそりが合わないと聞いてますけど？」

「それはある。菊地さんなんか、ろくに口もきかない。一刻も早くホシを捕《と》って叩かなきゃ、うちも吉祥寺署もメンツが立たない」

「ですね……ところで、高津が出所したあとの足取りはつかめましたか？」

「まだだって」

「横浜の子安に高津の姉がいるのはご存じですね？」

奥寺はうなずいた。ホシ捕りの刑事も派遣しているのだ。知らないはずがない。

「そこに出所直後、高津から電話が入ったようです」

奥寺は岩田の顔を見た。

「高津から？」

「ええ、寄り道するところがあると高津は言ったそうです」

「保護司かなにか？」

「いえ、ちがいます。『せせらぎ会』という会です。元受刑者の社会復帰を支援しているようですが、部下に調べさせましたが情報がありません。同じ目的をかかげた複数のNPOにも問い合わせてみましたが、聞いたことがないそうでした。この団体、ご存じですか？」

「なんていう名前？」

「せせらぎ会。もしかすると、吉祥寺に事務所かなにかがあるのかもしれません」

「……聞いたことないな」

奥寺はそう言うと、前をむいた。

「刑務所に問いあわせれば、登録されているかもしれません」

「訊いてみたのか？」

「いえ、まだ」

「……高津はなにか、かんちがいでもしてるんじゃないか？　出所で興奮もしていただろうし。とにかく調べてみるが、このことはまだ書くなよ」

「もちろんです。その代わり、わかったら……」

奥寺は一度だけうなずいた。

奥寺は岩田が持ってきたタブロイド紙を手に取って広げた。

「しかし、イワさん、ここまで書かれちゃつらいな」

「…………」

「不純異性交遊の噂、悪徳警官山根、パチンコ屋に入りびたり……好き勝手なこと書きよって」

「パチンコっていえば、例の偽ブランドバッグの件ありましたよね？」

「そんなバッグ、署に持ちこまれた形跡はないぜ。なにか、勘ちがいしたんじゃないか？本部にはないし、生活安全課にも訊いてみたがない……どうした、妙な顔して」

「いや、別に……」

たしかに、あのふたりは吉祥寺署に入っていった。エルベの主人もたしかに吉祥寺署の刑事だと言った。警察の人間であるのにまちがいない。捜査本部の中で、署側と一課の縄張り争いが行われているのかもしれない。

「パチンコのことだけどさ、先月の中頃から、山根は熱心に取り締まりをしていたらしいぞ。裏ロムの摘発や打ち子をびしびし挙げたようだ」

裏ロムはパチンコの出玉を不正に調整するコンピュータの基盤だ。打ち子は、〝見せ台〟というあらかじめ玉が出るように調整された台で、盛大に玉を出すよう店に雇われたアルバイトのことをいう。不正に客を呼びこむ手口だ。

「……どの店ですか？」

「パーラーダイヤとかいった」

パーラーダイヤといえば、偽ブランド品を流した店だ。

「パチンコ店の取り締まりって、所轄の生活安全課の管轄ですよね？」

「もちろんそうだが、生安の刑事になりたくて、点数を上げるために、せっせと取り締まりに励んでいたんだと見たいが」

「仕事熱心な警官でしたからね」

「そうだったらいいが……ターゲットをひとつのホールにしぼっているのが気にかかる」

「どういうことです？」

「イワさんが言ったように、パチンコホールってのは交番の巡査が手を出せる相手じゃないぜ」

「生安が黙認していたということですか？」

「だから、それはないって。わかるだろ？　生安とパチンコ業界の関係」

生活安全部、いや警察そのものがパチンコ業界と癒着しているというのは常識だ。パチンコホールの出店は生活安全部の許可が要るし、営業についても、立ち入り検査を通じてパチンコホールへ厳しい規制をかけている。上部組織の警察庁とともに、パチンコ業界そのものを牛耳《ぎゅうじ》っているのだ。

「山根は生安でもないのに、あえて、特定のパチンコホールに狙いをつけた。本来ならアンタッチャブルな領域に踏みこんで、あれこれ取引の材料にした……ということですか？」

「まわりくどいな」

「パーラーダイヤを脅していた？」

「…………」

結婚資金を蓄えるためか、それとも、本当に借金をかかえていて、それを埋め合わせするために？

「吉祥寺署の生安は、今回の事件の聞き込みで、たまたま山根が偽ブランドバッグの件でパチンコホールを脅しているのを知ってしまった。それを隠そうとした？」

「そうは言ってない。あくまで推測だ。わかってくれよ、イワさん、おれも警察一家の人間なんだからさ。これ以上、身内の恥をさらすわけにはいかないんだ」

警察はあくまで、今回の事件を勤務態度良好な警官の殉職として片づけたい。妙な噂が立ち、山根に汚職警官というレッテルを貼られるわけにはいかないのだ。

「テラさん、山根の件はともかく、早いところ、高津を捕まえないと」

「イワさん……おまえのためにもな」

奥寺はふたり分のコーヒー代をおいて、去っていった。それと入れかわるように、戸が開き、唐木英二が現れた。

岩田はげんなりして、顔をそむけた。

「奥寺さん、署の裏口から出ていくのを見たもんですからね」唐木は店内にあるテレビに目をやった。「わざわざ、テレビ中継に合わせて出棺をはめこむなんざ、近頃のサツのやり方そのものですね。ところで、奥寺管理官、なんの話で？」

「葬式に行かなかったのか？」

「呼ばれませんでしたからね。昨日からサツの連中、ピリピリしまくってるし。公葬に当たってコメントひとつ出さないですからね。昨日の通夜は、察庁《サッチョウ》のエライさんもきたって話聞きましたけど、岩田さん、通夜にいたんでしょ?」

「ああ」

岩田は審議官が来ていたことを話すと、唐木は、眉をひそませて口を開いた。

「審議官といやぁ、長官官房の?」

「そうだろ」

「まあ、どんなおエライさんがきてもかまわないですけどね。岩田さん、奥寺さんとなに話してたんですか?」

「世間話に決まってるじゃないか」

「勘弁してくださいよ。こんなときに」

「こんなもへちまもあるか」

吐き捨てるように言うと、唐木はあきらめたふうに店を出ていった。

19

午後二時半。同じ店のテーブル席に、三人の部下を集めて、これまでのいきさつを話した。

「ホシの姉さんですか」深沢が言った。「どうです？　インタビューとってみませんか。そうすりゃ、キャップを誹謗《ひぼう》中傷する記事も帳消しですよ」

島岡がマスクを外して口をはさんだ。「帳消しどころか、他紙の連中、あわてまくって、これから横浜詣でですよ」

「それはいいから、カッチン、山根のネタはあったか？」

「山根巡査部長、殺される前の日に、急遽、勤務日程を変更させられたみたいですよ。それさえなけりゃ、あんなふうにはならなかったのに」

「どういうことだ？」

「あの日は彼氏、非番だったらしいですよ」

非番だったのを呼びあげられた？

当日は日勤だったはずだが。

「変更された理由は？」

「そこまではわかりませんよ。同じ交番に勤務している警官は十二名いますからね。だれかの都合じゃないですか」

「ほかは？」

「駅北口の盛り場で、援交をしていた女子高生の面倒をみたり、赤ん坊を置き去りにした母親を捕まえたりとかですね」

「カッチン、そりゃ、タブロイドの連中にごっそり持っていかれてるぜ」

深沢がタブロイド紙の束をめくりながら言った。

「ゼンさん、そう責めなくても。カッチンは今日の夜が勝負なんだから」

「そうですよ、早いとこ黒谷に当ててもらって、宮瀬の件、抜かないと。キャップ、だいじょうぶですよね？　今日組みの朝刊？」

「デスク会議には出るから心配するな」

「呼ばれなくても出ちゃうんですか？」

おどけて言った島岡の頭を相羽がこづいた。

今日組みの朝刊には、なんとしても宮瀬の記事を盛りこませる。でなければ話にならない。

「ゼンさんのほうこそ、ネタは上がりましたか？」

あらためて岩田は訊いた。

「吉祥寺署の連中がお忍びで使う飲み屋、めっけましたよ。駅北側の盛り場にある小梅って店ですけどね。若いアルバイトの店員を見つけて訊いてみましたよ」

「さすがにゼンさん、餅は餅屋」

「シマ、少しだまってろ」

相羽が制して、深沢に先をつづけさせた。

「おでんが売り物の店ですが、警察御用達ってわかってるから、一般人はよりつかない。警官たちも伸び伸びと酒を飲めるってことですけどね」

「そりゃわかります。それから先は？」

相羽がじれったそうに言った。

「殺された山根巡査部長も週に一度は顔を出していたようですね。地域課の連中といっしょにね。直属の上司の梅本係長なんかとも、しょっちゅう来ていたらしいですよ。それが今月に入ると、ぱったり来なくなったらしくて」

「ゼンさん、それだけ？　オマワリサン、四月は忙しいよ」

「三月の中頃だったかな、ふだん仲がいいそのふたりが、口論おっぱじめたらしくてね。なんでも梅本係長が山根にむかって、『月島に足をむけて寝るな』とかなんとか言うのを聞いたらしいんですけどね」

「月島？　もんじゃ焼きのか？」

「まあ、地名だとは思いますけどね」

「シマ、おまえ、なにかないか？」

相羽が島岡に言うと、島岡は右手でレバーをつまむ仕草をした。

「ちょっと、打ってきちゃいました」

「ほんとにパチンコ行ってきたのかよ。おめえは、こんなときに」

「相羽さん、人聞きの悪いこと言わないでくださいよ。仕事ですから仕事」

「どの店?」

まんざらでもない顔で深沢が言う。

「パーラーダイヤ。山根が出入りしていた店。この不景気でも大入り満員ですよ」

「勝ったか?」

「十五分で、ぱあっと万札が消えちゃって」

「ちぇ、パチプロが聞いて泣くぜ」

「ここんとこ、ちょっと遠ざかってたし、だいいち、全台が白熊物語でしたからね。じっくり攻めないと勝てないですよ」

「白熊か、爆裂機だな?」

「なんです、それ?」

相羽が口をはさんだ。

「負けるときは万単位で負けるけど、勝てば二十万、三十万も夢じゃない台ですよ。この五年間で最大のベストセラー機ですね」

「そんなにか」

「ええ、作る側《そば》から売れるそうですよ。注文しても納期がかかるんで、中古の台が出回っているくらいですから。それがあのホール、ぜんぶの台、白熊ですからね。吉祥寺でも、あの店だけのようですよ。力あるんだろうなあ」

「なんだい、力って」

「この業界、パチンコホールより、パチンコ台を売るメーカーのほうが力があるんですよ。パチンコ台は新しい台を作っても、警察庁の認可がないと使えませんからね。ホール側は客が喜ぶ台が一台でも多くほしいじゃないですか。早い話、ギャンブル性の高い台が引く手あまたとなる。それが白熊ですよ」

「白熊は裏ロムも付けやすいんだろ？」

深沢が言った。

「それぞれ、裏ロムっていうのは、台にこっそり取りつけて出玉調整するコンピュータの基盤ですけどね、白熊はこれがつけやすくなってるんですよ。で、殺された山根っていう警官、ときどき、このパーラーダイヤにベッカーを持ってきて、うろちょろしてたらしいですよ。キャップも言ってましたよね。裏ロムの件」

「なんだ、そのベッカーって？」

「裏ロムが着いているかどうか検査する道具ですよ。警察が検査するときに使うやつです」

「そりゃ、山根の嫌がらせだな」

「ちがいないですね。あの警官、くそまじめだったから、庶民を食いものにするパチンコ屋が憎かったんじゃないですか？」

「おまえだって食われてる側だろ」

「だいたい、白熊物語は認可の段階でいわくつきな台でしてね……」

「パチンコの話はそれくらいにしとけよ」岩田が割りこんだ。「シマとゼンさんは吉祥寺で聞き込みをつづけてください」

「了解」

「カッチンは高円寺だな、たのむぞ」

「もちです」

三人がいなくなると、奥寺の携帯に電話を入れた。

「お仕事中、申し訳ありませんでした」

岩田が言うと、奥寺はせかせかした口調で、

「イワさん、せせらぎ会なんていう団体、本部はつかんでいないぞ。府中刑務所にも訊いたが、そんな団体は登録されていないということだ」

「えっ」

高津秀美の言ったことは嘘か。それとも、高津本人の口からでまかせか。

「おまえ、へんなものつかまされたな」

電話はいきなり切れた。ほとんど間をおかずに着信があった。

モニターには登録されていない携帯の電話番号が映っていた。いぶかりながら、オンボタンを押して耳にあてた。

「あの……岩田さんでいらっしゃいますか？」

若い女の声がした。はじめて聞く声だ。警戒感があらわれていた。

「岩田ですがどちらさまですか？」

「永井です」

ナガイ……。

「永井友子です」

……殉職した山根巡査部長のフィアンセだ。

「その節は……」

「はい、婚約していた永井です。いま、お話しできますか？」

「いいですけど、ご葬儀は？」

「いま、とどこおりなく終わりました。お話ししなくてはいけないことがあります」

良い申し出とは思えなかった。フィアンセを失った痛手はわかる。その原因の一部が、こちらにあると思っているにちがいない。

「高津の……犯人のことですか？」

「いえ、山根のことです」

「今日はちょっと、難しいかもしれませんが……」

「少しだけでいいんです。どちらへでも伺います。仰ってください。お時間はとらせません。どうしても、和敏さんの汚名を晴らしたいんです」

汚名を晴らす？　どういうことなのだ。

吉祥寺駅のアトレにある神戸屋で。

永井の申し出に岩田は従った。

20

「お忙しいところ、いきなりお電話差し上げて申し訳ありません」

永井友子は、はりつめた様子を隠しながら丁寧に切りだした。

「いえ、こちらこそ。その節は失礼しました。山根さんのお宅に行かなくていいんですか？」

「これから参ります」

「そうですか」

きつい責めの言葉を浴びせられると思っていただけに、岩田は胸をなでおろした。しばらく雑談をした。

永井友子は二十五歳。渋谷にあるインテリア用品店勤め。荻窪駅近くにある都営住宅に、両親と弟の四人で住んでいるという。

「で、永井さん、今日はまたなにを……？」

「五年前、岩田さんが書かれた記事、読ませていただきました」

〈こころの闇――抑えきれぬ殺人衝動〉だ。

「図書館かなにかで？」

「警察の方から渡されました」

遺族の慰めになればと思って、そうしたのだろう。

殺されたという事実に変わりはないが、犯人のことを知れば、事件の受け止め方はちがってくる。

「犯人って、本当に岩田さんの記事に書かれたとおりの人間なんでしょうか？」

「自殺願望の件ですか？」

「はい」

「ご遺族の方々には辛いと思いますが、高津は死んでしまいたいという負の欲望にとらわれていたことはまちがいないと思います」

永井は目元をひきつらせてうつむくと、コーヒーを口に運んだ。

「あの……なにかほかに気になることでも？」

「いえ、いいんです。でもこっちは納得できなくて。それに、いま思い返すと、おかしいことが多くて……」

永井はハンドバッグから紙をとりだして、岩田に差しだした。

広げてみると日刊東京のラベルが目に入った。そして、〈山根巡査部長に不純異性交遊の噂〉という、いかにも扇情的な黄色い見出し。

岩田も目を通した今日の記事だ。

「永井さん、日刊東京の記事を鵜呑みにしてはだめです。連中、反権力を標榜していますが、実態は一枚でも多く部数を売るためには手段を選びません。まったく根拠のない記事を平気で書きます。ことに警察に対しては、それこそ好き放題なことを書きます。おそらく、この記事も山根さんが援交をしていた女子高生の世話をしていたのを嗅ぎつけて、面白おかしく味付けしたにちがいありません。どうか、お気になさらずに」

「……それはそう思ったんですが、この日刊東京のネット版に、もっとひどい記事が掲載されていて……これです」

岩田は永井が広げたプリントアウトを見た。

〈殺された山根巡査部長　消費者金融から多額の借金か……編集部に入った情報によると、山根巡査は複数の消費者金融から、少なくとも五百万円近い借金があった模様。車好きの同巡査はたびたび車を買い換えており、その資金として使ったものらしい。また近々結婚する予定もあり、その結婚資金として……〉

ひどいものだった。

おそらくなんの証拠もなしに、ただのタレコミをそのままネットに載せたのだろう。タレコミがあったことすら怪しい。

「永井さん、根も葉もない記事です。額面どおり受けとったら、だめですよ。普通の人は、こんなもの信用しません。だいじょうぶですから」

「……そうでしょうか」

「もちろんです。そういうものなんです。あなたがいちばん、亡くなった山根さんのことをご存じでしょう？　彼はこんなことをする人ですか？」

「まちがってもしません」

永井は眉間にしわをよせて否定した。

「あんなやさしくて、思いやりのある人はいません。わたしたちの家族も、和敏さんのおかげで立ち直ることができたんですから」

「と仰いますと？」

「恥ずかしいことですけど、わたしの父が競馬にはまってしまって、家中の金を注ぎ込んで、それでも飽きたらずに借金をつづけて家や土地までとられてしまって……それで、三年前、いまの都営住宅に移ってきました。それでも、父は賭け事がやめられなくて。そんなとき、ギャンブル依存症から抜け出すための自助グループがあることを知って、すぐ父を連れていきました。JSG……Japan Stop Gambling……と言うんですけど、そこに通うようになって、父は目に見えて立ち直っていきました。そこでグループの運営に関わっていたのが和敏さんでした」

「彼なら、おやりになるでしょうね」

「はい。だれより誠実でしたし、いつも父を気づかってもらいました。わたしもつきあいはじめて、それがよくわかりました。警官としても、とても優秀でしたし、将来は生活安全課の刑事になるって口癖のように言っていました。車が好きで、休みはいつも遠くまで連れていってもらって……それがたぶん、記事の根拠になってるんだわ」

「そんなことないですって。記事のことは忘れてください」

「それはそうですが、やっぱり、気になることがあって……」

「ほかにも記事があったんですか？」

「いいえ、和敏さんのことです。このひと月、急に様子が変わってしまって……」

「といいますと？」

「休みが合えば必ず会っていたんですけど、用事があるといって、会ってくれなかったり。会っても、あまり楽しそうじゃなくて……なにか、考え事をしていて上の空というようなことが多くて」

答えようがなかった。男と女の間のことだ。婚約したからといって、必ずしも付き合いがつづくとは言いきれない。ほかの女ができたのかもしれないし、身を固めるのがいやになったのかもしれない。しかし、永井は人並み以上の容姿だし、性格もよさそうだ。これといった欠点はないように見受けられる。

「……和敏さんの部屋に入ったんです。あまり、音楽とかは聞かない人だったのに、クラシックのCDが置いてありましたし」

島岡も似たようなことを聞き込んできた。

「モーツァルトかなにか？」

「そうだったかもしれません。買ってきたばかりのようで、まだ封が切られていませんでした」

音楽の好みをこれ以上詮索しても、意味はないだろう。

「山根さん、仕事でお悩みのことでもあったんではないですか？」

「そうかもしれません。でも、仕事のことは決して口外しない人でしたから。でも、それがいまはつらくて……」

永井が口ごもったので、岩田は、

「どうかされましたか？」

と先を促した。

「……この前もデートの約束をしてあったのに、急に行けなくなったと言うんです。わたし、和敏さんの家の近くに来ていたし、こっそりとおうちを見張っていたら、彼が出てきたんです。いけないと思いましたけど、そっとあとをつけたんです。和敏さんはひとりで電車に乗って新宿まで出て、花屋さんに寄るじゃないですか。そこでカサブランカの花束を買って、駅の近くのビルに入っていったりして……やっぱり、最近、彼、様子おかしかったんです」

カサブランカはお悔やみのときに使われる花だ。

「山根さんがビルから出てきたとき、花束を持っていなかった?」

「はい」

「それは、いつのことですか?」

「今月の六日です」

「そのビルは、覚えてらっしゃいますか?」

「はい、西新宿です。青梅街道沿いの、たしか上原第一ビルといったと思います」

岩田はその名前をメモした。

支払いをすませて、岩田は吉祥寺駅の改札にむかって駆けた。

午後四時十分。デスク会議にはなんとしても間に合わせなくては。

21

岩田は本社にもどった。透明な間仕切りのむこう側で、デスク会議がはじまっていた。三宅のうしろに回り、弾む息をしずませる。アンコウのポーカーフェースが一度岩田にむいたが、無視するように手元の原稿にもどった。

大型プロジェクターに映っているのはスポーツ関連記事だ。デスク会議も終盤にきている。一面記事も社会面の記事もわからない。

一面担当整理デスクの〝陛下〟が、待ち構えたふうに口を開く。「どうだろう、プロ野球開幕したばかりだし、やっぱ日本の野球を盛り上げるのがうちらの役目じゃない？」

呑気なやりとりを聞きながら、岩田は三宅の背中からささやいた。

「一面、決まりましたか？」

三宅はうるさそうに、手元のホルダーをめくり、チェックのついた記事を岩田に見せた。

〈CO_2削減企業に無利子融資はじまる〉

冗談だろ……。いまさらなにを血迷ってCO_2など。

〈里山再生〉

〈大学編入の弾力性アップ〉

気の抜けた記事のオンパレードだった。

宮瀬のみの字ひとつ、なかった。

「交流戦がはじまる前まで、ひとつ日本球界を盛り上げようじゃないか。どうだ？　勝又」と陛下。

「ま、それはそれで」政治部デスクの勝又が答える。

「ほかにご意見ありますか？」

司会役の編集局長補佐の声に、なし、なし、の声が上がった。

「それじゃあ、このあたりで……」

「ちょっと待ってください」

岩田が一歩前に踏みこんで声を上げると、デスクたちが一斉に岩田をふりかえった。

「自由党、宮瀬茂信のヤミ献金の記事、お願いできませんか？」

一瞬、沈黙の間ができた。

三宅がうつむいて、頭をかいた。

「あれって生きてたの？」経済部デスクの上村が頓狂《とんきよう》な声を上げた。

「生きるって……まだ打ってないじゃないですか」

「この前、引っこめたんじゃなかった？」

「あれはたまたま高津のことがあっただけで」

話にならない。高津と宮瀬の件はまったくちがうのだ。

「上村には引っこめたように見えたんだよ」勝又が口を開いた。「だれだって、そう思うじゃねえか」

「いえ、それとこれとはちがいます。宮瀬の記事を打たなけりゃ、新聞もなにもありません。是非お願いします」

岩田は頭を下げた。

「当てもできねえもん、打てねえだろうが」

「……ですから今日……」

「岩田」と三宅の制する声が聞こえた。

「よし、じゃあ、終わろうか」

尾形の一声で座がお開きになった。

早々に引きあげるデスクたちを尻目に、岩田は尾形の前に進み出た。

「局長、どうか……」

「あとで部屋に来い」

アンコウは言うと席を立ち、出ていった。

岩田は引きあげていく三宅に追いついて、

「デスク、話がちがうじゃないですか」

と噛《か》みついた。

「だから、勝又さんの言ったとおりだよ。それより、いいのか、吉祥寺は？」

張りつめていたものがピンと切れた。

「だから、あんただめなんだよ」

「なんだと、岩田、てめえの尻ぬぐいさせられてるのはこっちだぞ。好き勝手もたいがいにしろ」

「ああ、もう頼まん」

部下の顔が浮かんだ。三カ月あまり、こつこつ仕上げてきたネタをなんと心得るのか。どこにでも転がっているネタではない。自由党の代議士が生きるか死ぬかの大ネタなのだ。日本の国が変わるかどうかの試金石なのだ。それをむざむざと放り投げる馬鹿がどこにいる……。

岩田は神経が張り裂けそうだった。

ベルリンのくずども、それほど自分たちの親分が大事か。権力の不正を暴く。新聞にしかできない芸当を、みずから封印してどうなる……。

岩田は特命班の部屋にむかった。腸《はらわた》が煮えくりかえっていた。部屋に入るなり、

「お玲、水っ」

と岩田は怒鳴りつけ、椅子にはまった。

「お玲、宮瀬の件な……」

言いかけたとき、携帯が鳴った。相羽《あいば》からだった。

「……キャップ」

「当てたか？」

「それがまだ」

「黒谷のマンションにいるんだろ？」

「いますが」

「奴はいないのか？」

「い……います」

「じゃあ、なぜ、当てん。出てこんのか？」

もう二晩も待った。今夜こそ、真実を知る人間に当てたい。当てて、「否」の答えをもらいたい。そのときの相手の顔を相羽に拝ませたい。そうすれば……なにがなんでも記事を押しこむ。どんな抵抗があろうと命にかけて一面トップに打つ。

「……関東マークです」

「それがどうした？」

言いながら、冷たいものがすっと背筋に走った。

関東マーク……大日本ハイヤーの黒い車体に入っている関東平野をあしらったマークだ。

もしかして……。

「大毎がいるのか?」

大日本ハイヤーはライバル紙、大毎新聞専属のハイヤー会社だ。

「マンションのすぐ下、五十メートル先の路上で張り込んでます」

「いつからだ」

「わかりませんが、たぶん、三十分前くらいから。自分がマンション管理事務所に入ったあとです」

「カッチン、おまえ尾《つ》けられたのか?」

「それはないはずです」

ならば、どうして洩れた?

大毎はどこまでネタをつかんでいる?

「このままだと、黒谷の部屋に入るところを見られます。どうしますか?」

「……いいから、突っこめ」

「了解」

電話を切った。

もう待てない。これ以上、社の派閥争いの遊びに付き合っているひまはない。業《ごう》が煮えた。歯がゆい。

席を立ち、その場で丹田《たんでん》に力をこめた。

こうなれば、直訴《じきそ》するしかない。

「お玲、社長室だ」

そのとき、電話が鳴り、お玲がとった。

「キャップ、局長がお呼びです」

「勝手にしろ」

岩田は編集局を横切った。気がつくとすぐうしろに、アンコウがぴったりと張りついていた。

「岩田」尾形に呼びとめられた。「どこ行く気だ？」

「どこだと思います？」

止まることなく応じた。

「おまえ……変な気起こすんじゃないだろうな」

エレベーターの戸が開き、アンコウをその場に残して乗りこんだ。

重役専用の十階フロアに降りたった。絨毯《じゅうたん》の上を歩き、社長室と書かれた木製の両開き扉を押した。

社長室の扉の前にある机に社長室長の平光忠《ひらみつただし》がゆったりとすわりこみ、雑誌をめくっていた。

秘書の女に声をかけると、平光は岩田に気づいて、顔をこちらにむけた。顎をしゃくり、となりの応接室に入れと示した。

言われたとおり、岩田は応接室にむかった。

総革張りのソファーに髪の薄い男がすわりこんでいた。後頭部に寝乱れたようなほつれ髪が伸びていた。常務取締役の関高広。この男のトレードマークだ。

窓際にはダブルのスーツを着た販売局長の宇田川が立って部屋を見わたしていた。引くことも進むこともできず、岩田は関の斜め前にすわらされた。

目の前にすらりとした平光が入ってきた。岩田を見て、一瞬、笑みのさしたような顔つきを見せたが、目の前にすわると無表情を装った。

ままよと思った。岩田はひと言、

「宮瀬の件です」

と口にすると、平光の顔に陰鬱な横皺《よこじわ》が現れた。

「ご存じですよね？」

「聞いている」

平光が紋切り型に返事をした。

「原稿はとっくに出稿済みです。今日組みの朝刊で抜く手はずになっていましたが、局を通りません」

「どこのだれがそんな約束した？」

ドアから声がした。ふりむくとアンコウが歩みより、関のうしろについた。

3対2。いや、この自分は役職者ではない。3対1……。

「ここはぺいぺいの平キャップがくるような場所か？」

関が口を開いた。

「まあ、常務、こいつ、青っ尻のガキです。おい、岩田、礼のひと言もなしか？」

「は？」

「たっぷり、桜田門でしぼられてきたぞ。記者教育がなってないと。人命にかかわることだけに、刑事部長は非常に残念がっておられた。記者クラブから出てけって言われるんじゃないかと、こっちは冷や冷やし通しだ」

「申し訳ありません」

とりあえず、謝るしかなかった。

「吉祥寺はどんな具合だ？」

平光が話題を変えてくれた。

「特別に動きはありません」

「だろうな、派手な葬式をあげてくれたのが、せめてもだ」

「常務、宮瀬のネタです……明日、打てませんか？」

「岩田、なんべん言わせりゃ気がすむよ?」アンコウが割って入った。「頭、どうかしちまったんじゃねえか」

「明日抜かなければ、このネタ、持っていかれます」

岩田が言うと、四人が同時に岩田をにらみつけた。

「どういうことだ?」

アンコウが言った。

「大毎に勘づかれました」

「なんだとぉ」

宇田川が高い声を放った。

「ネタ元のマンションに張りこんでます」

「いつから?」

「おそらく、今日から」

「大毎はどこまで食いこんでるんだ?」

「わかりませんが、ネタ元がわかったことからすれば、うちと同程度の情報は握っていると思います」

「いいかげんなこと抜かすな、宮瀬の件はまだ打たん。わかったら、さっさと失せろ」

大毎に抜かせるということか? 後追い記事でお茶をにごせば、宮瀬に対する義理は立つ。しかし、東邦ともあろうものが、そんなことが許されるのか。

「ですが……」

「ったく、社会部の連中ってのは往生際が悪いな」関がだれにともなく言った。「警察のご機嫌伺いに毎日毎日顔出して、鯉の鱗を一枚ずつ剝がすようにネタをとってきちゃあ、さも訳知り顔で記事にしやがる。そんなことばっかしてるから、警察ごときに、いいようにされるんだ。しまいにゃ、警察の思う壺ってわけだ。てめえらがとってくるネタなんざ、そんなもんだ。わかったら、さっさと消え失せろ」

22

お玲が帰宅して、岩田は部屋にひとり残された。

彼女が切り抜いた大手四紙の夕刊の、高津関連記事を手に取った。

大毎がコラム〝羅針盤〟に、記者のモラルを問うと題して、批判記事を書いていた。岩田の実名は出さずに、警察への通報のタイミングにずれはなかったか、という辛辣《しんらつ》な内容だ。

午後九時五分前。

相羽からようやく連絡が入った。

「当てたか？」

「当てました」

「……で、どうだった」

「頭ごなしです。ばっさり切り捨てられました」

「なんて言われた？」

「もう、おれはゴールドコムとは縁もゆかりもない。好きなように書け」

「……やったな」

「ええ、待ってました。キャップ……明日の朝刊が楽しみです。じゃ」

通話が切れた。

目の前におかれたお茶のペットボトルの蓋を開けて、喉《のど》に流しこんだ。

苦い。

携帯で自宅に電話を入れる。

奈津子の声に、

「翔太は？」

と岩田は口にしていた。

「部屋よ」

「学校はどうだったって？」

「訊かないからわからない」

「何時頃、帰ってきた？」

「五時頃だったかな」

「それから？」

「ご飯食べて部屋に入って」

「わかった。なあ、奈津子、明日も今日の調子で頼む」

「頼むってなに？」

「今日は泊まりになりそうだ」

「そう……わかったわ」

「いいか、きちんと起こせよ。車で学校に行けよ。ひとりで行かせるんじゃないぞ」

「わかってます。それじゃあ」

テレビをつけてニュースを見た。岩田の名前は出なかった。

十時過ぎ、岩田は八階にある食堂で素うどんをかき込んだ。床がきしむような音がしたと思うと、ビル全体が低い騒音とともにかすかな振動をはじめた。地下にある印刷工場が動きだしたのだ。

23

午前零時。七階にある〝寝台〟で受付を済ませ、岩田は記者専用個室のベッドで横になった。頭の芯に〝宇尾関〟の顔がこびりついていた。自分たちが最上流にいて、天下国家を論ずると自認している。記者のなれの果てが行き着く淀みだ。許してくれ、相羽……。

薄い闇が下りてきて、いつの間にか寝こんだ。

けたたましい電話のベルが鳴った。

横になったまま手をのばして受話器を取る。

「代表電話ですが、岩田さんでいらっしゃいますか？」

受付台の女の声。

「岩田です」

「外線でお電話が入っています」

「わかりました」

切り替える音がしたかと思うと、低い息づかいが伝わってきた。

「どちらさん？」

「い……岩田さんだね」

心臓に氷水を注ぎこまれたような気がした。

「高津君？」

「そう、おれ」

衝撃が全身に走った。

まさか、本当にかかってくるとは……。

とりあえず、おちつけ。相手の言うことに耳をかたむけろ。

電話機を見る。今度も非通知だ。枕元の時計は午前三時十分。

「ありがとう、高津君、かけてきてくれて」

言いながら、ベッドに腰かける。

「忘れないさ、ムショにいたときだって」

どこにいる？　あんたいま、どこにいる？

「高津君、いま、ひとり？」

「あ……うん」

「もし、よかったら会いに行くよ、高津君のいるとこへ。いま、どこ？」

「十一号。窓、こじあけたら鉄塔、見えたよ。パチパチ赤いのが点いたり消えたり」

「高い塔？」

「うんと高い、二百メートルかもっと」

通話口でごそごそという音がして、しばらく通話が途絶えた。

「あのさぁ、おれさあ、やっちゃったよ。あの警官、つっかかってくるからさあ、もう、むしゃくしゃしてきて、思いきりやってやったよ、なんべんもさ」

首筋がひやりとした。

「……そうか、それでもさ、会いたかったなあ、高津君と」

「どうしても、あいつ、殺《や》らないといけなかったからさあ」

岩田は高津の言った意味がつかめなかった。

「さっきまで、親父の夢見てたよ」ふたたび高津が言った。「変なんだよ、泣いてやがるんだよ、あのクソじじい」

「……そう」

「翔太君は元気?」

「はっ……息子……ああ、元気元気、元気にしてるよ」

「甘えたいんだよ、子供ってさあ、いくつになっても」

こんなときに、子供のことなど……。

「高津君、昨日、お姉さんと会ってきたよ」

「えっ」

「お姉さんから聞いたけど、せせらぎ会の人と会えた?」

「ああ……それ、うん」

奇妙な言い回しに、ふたたび違和感を覚えた。

「ねえ、高津君、いま、ひとり？」

「あ……うん」

「出所して、すぐ吉祥寺に来たの？」

「ちがう。立川」

「そこでせせらぎ会の人と会った？」

「うん、そう」

「それから吉祥寺に来たのかな？」

「車で。それで、ここ来てさあ、あの日は高い店行って、池に鯉なんかいて天ぷらとか、出所祝いだって、豆腐とか旨くってさあ、なんべんもお代わり頼んじゃってさあ、すごく飲まされた。気がついたら、公園に行ってたんだよ、そしたら、あれとばったり会ってなあ、りくどうのつじで追われた人だよ、わかるだろ、岩田さんならおれの気持ち、あんなのと出くわしたらさ、もうむかってくしかないのよ」

電波状態が悪いらしく、引っかいたような雑音が入った。

「もしもし、高津君、そっちに行ってもいいかな？　会いたいんだよ。会って話がしたいんだよ」

「いいよ、岩田さん、ひとりなら」

「もちろん、ひとりで行くから、そこ、どこ？」

「田無《たなし》のニューハニー」

ぷちんという断裂音がして唐突に電話が切れた。

岩田は止めていた息を吐いた。心臓が激しく鼓動を打っていた。息を吸って吐いた。高津の声が耳元で響いていた。

……二百メートル以上の鉄塔、あれは田無の電波塔のことだ。

デイパックの中にあるモバイルパソコンを取り出し、インターネットを立ち上げた。グーグルで東京都内の〝ニューハニー〟という名のホテルを検索する。

一件ヒットした。

東久留米市中央町四の五一
ラブホテルだ。

岩田はあわただしく靴をはいた。上着をはおり、デイパックを肩にかけて部屋を飛びだした。一階の配車センターに着くと、ハイヤーが目の前に滑りこんできた。

「田無へ」

乗りこんで、運転手に声をかけた。

「高速、使いますね？」

「使ってください」

運転手に行き先を伝える。

岩田は息をつき、背もたれによりかかった。

ダッシュボードの電子時計は午前三時半を指していた。

高津からふたたび電話がかかってくるとは思いもしなかった。

それほど、この自分を頼りにしているのだろうか。

高津本人の口から、犯行を認める話を聞かされたとき、岩田はうろたえた。

先日の予告電話は本物だったのだ……。この五年、高津は刑務所のなかで、ひたすら狂気を養ってきた。

『どうぞ、死刑にしてください』

高津の言葉を周囲は黙殺した。刑務所も警察も、高津の懇願を受け入れることはなかった。起こるべくして起こった殺人。

高津が捕まったら最後、接見は禁止されるだろう。そして、今度こそ下されるであろう死刑判決。いまをおいて、高津の生の声に接する機会は永遠に失われてしまう。

高津もいまなら会うと言っている。警察に捕まる前に、高津の生の声を取る。それができるのは、この自分しかいない。

面とむかって高津と会うことができれば、そのあとはどうにでもなる。そのあとは自首をすすめる。逃げだすようなことになっても、そのときは警察に通報して、追いかければいい。

会えさえすれば、もうこっちのものだ。

だがしかし……。

一方で不安がふくらんできた。

「この時間、空《す》いてますねえ」

運転手がつぶやいた。

車窓に目をやると、北池袋インターチェンジの青い看板が頭上を通過していった。目的地まで、もう十五分足らずで着く。岩田は現実へ引きもどされた。

警視庁が全力で追いかけているホシ。三日前、高津から電話がかかってきたとき、すぐ警察に通報していれば、山根は殺されずにすんだかもしれない。あの二の舞は許されない。

岩田は懐から携帯を取りだし、モニターに吉祥寺署の電話番号を表示させた。

24

午前四時半。

岩田は捜査員たちにまわりを固められる形で、ニューハニーの事務所の椅子に座らされていた。右手に立っている背広姿の刑事に見覚えがある。目のぎょろりとした四十前後、頬のできものに絆創膏《ばんそうこう》を貼っている。吉祥寺署の刑事だ。ほかは見たことのない顔ぶれだった。

その刑事に訊かれるまま、岩田は電話が入ったおおまかな時間を口にした。インターネットを使いホテルを調べたことも話した。そうして、通報するまでの数十分の遅れの辻褄《つじつま》を合わせた。

事務所へ出入りする警官の数が格段に増えた。

岩田は、胃からせり上がってくるような焦りを覚えながら、管理人が防犯カメラの映像を巻きもどすのを見ていた。事務所から出口方向にむけて取りつけられたカメラが撮影した映像だ。うす暗い上に鮮明ではない。

3：53——四台とまっているうち、一台の白いセダンが動いた。バックして切りかえし出口にむかって走りだした。出口に達すると、そのまま右手に消えていった。

午前三時五十三分……岩田がホテルに着く十分前だ。

岩田は生唾をのみこんだ。

この車を運転していたのが高津だった可能性はある。高津は運転免許を持っているし、若い頃、車の盗難など、なんとも思っていなかった時期がある。レンタカーではないかもしれない。

セダンが映っている場面を巻きもどしてスロー再生で見たが、運転席はほとんど闇だ。粒子が粗くてナンバーも読みとれない。

各階廊下にはカメラは設置されていないという。

高津は、こちらが到着するぎりぎりの時間までいすわっていたようにも取れる。

鑑識員が入ってきた。ドアのすぐわきに立つ刑事にむかって、

「十一号室から指紋《モン》が出ました。高津にまちがいありません」

と言った。

岩田は血管が凍りついたように、全身がこわばった。

「よし、緊配《キンパイ》だ。おい、小林」

岩田の横に立つ刑事がうなずいた。

小林は携帯を取りだし、命令調で話しだした。

「吉祥寺署生活安全課の小林です。高津であると確認がとれました。至急、緊急配備の手続お願い致します……」

……高速に入って通報を逡巡したあの時間。あれさえなければ、高津は捕まっていた。虫が知らせたのだろうか、警察が踏みこむ直前、高津はタッチの差でホテルから逃げだした。しかし、いまになってなぜ、唐突に電話などかけてきたのだろう。

小林は通話を終えると、岩田の横にある椅子に腰を落とした。

「岩田さん、吉祥寺署までご足労願える？」

25

岩田が事情聴取から解放されたのは、午前七時を回っていた。まるで、自分が高津を取り逃がしたかのような、暗澹《あんたん》たる気分だった。刑事たちから、激しい尋問を受けた。昨日から今日にかけて、分きざみで行動を問われた。ひとつの嘘もまじえず話した。

それだけ説明したにもかかわらず、係官はなぜ、高津が人を殺す間際になって、おまえに電話を入れたのか、蒸しかえした。本当は高津とおまえはグルになっているのではないかと。

最後に、高津の逃亡先について問いただされた。それについては、なおさら知るわけがないと釈明したものの、係官の態度は硬化する一方だった。

その一方で、事情聴取を受けていると、すべての罪はこの自分にあるという妄想に岩田はとりつかれた。

吉祥寺署の一階ロビーにある長椅子に腰をおろしたとたん、めまいがした。そういえば取調室に入ってから、ただの一滴も水分を口にしていなかった。

玄関の外にはマスコミが大挙して押しよせていた。署員に先導されて署の裏口に回った。

そこにとまっている黒塗りの役員専用車を見て、岩田は背筋が凍りつくような思いがした。ドアが内側から開かれた。署員がじっと見守る中、岩田は重い足どりで後部座席に乗りこんだ。ドアを閉めると、車はおもむろに走りだした。

となりにすわる男の横顔にちらりと目をやる。

アンコウ――編集局長の尾形が深い縦皺《たてじわ》を眉間につくり、まっすぐ前をにらみつけていた。ご苦労のひとこともなかった。

本当の事情聴取はたったいま、この車の中ではじまるのだと岩田は痛感した。

車が表に回った。

目もくらむようなフラッシュが車外のあちこちで焚《た》かれた。ボンネットをばんばんと叩く記者がいた。尾形はひるむことなく、前を見すえている。自分に対する憤怒がそうさせているのだと岩田にはわかった。

報道陣の輪から切り放されると、車は五日市街道に入っていた。

しばらく、無言のまま、シートに沈んでいた。

車内には鉛のように重い空気が充満していた。それを破るように、尾形の低い声が車内に響いた。

「馬鹿たれめが。だから言わんこっちゃない。なんてざまだ」

岩田は胸に鉄板が食いこんだような息苦しさを覚えた。

「ですが……」

「ですがもへったくれもない。どうして、高津から電話が入ったとき、すぐ知らせなかったんだ」

「お言葉ですが……警察への通報を優先させました」

「三宅に電話を入れたのは四時近かったそうじゃないか」

「いえ、三時半頃だったと思います」

「言い訳は聞きたくない。一から説明しろ」

「今日の三時すぎ、寝台に高津本人から電話が入りまして」

「電話でいったい、なにを話しこんだ？　どうぞ、かくまってください、とでも言われたのか？」

「逃亡を幇助《ほうじょ》するような行為はしていません」

岩田はそれだけ言って、反応を待つしかなかった。

「そんな子供だましにだれが乗るか。サツからなにを訊かれた？　どうおまえは答えたんだ。まさか、ほんとのことをべらべら吐いたんじゃあるまいな」

ほんとのこととはいったい、なんなのか。岩田には判断がつかなかった。警察で縷々《るる》、申し述べたことをここで口にすれば、火に油をそそぐことになるのは明らかだった。口が裂けても言えない。

「ですから、二度の電話や記事を書いたときの経緯をしつこく……」

言い終える前に荒々しくコートの襟をつかまれる。

「きさま、こんなことをしてただですむと思ってるのか」

もはや、尾形は編集局長という記者トップの肩書きをすっかり忘れ去っていた。こちらの言い分を聞くつもりなど毛頭ない。

非はこの自分ひとりにある。しかし、と岩田は思う。

自分の書いた記事はまちがっていなかったはずだ。

「なんだ、そのツラは？　まだなにか、言いたりんのか？」

「……いや、そうではなくて」

「二度目だぞ、てめえが殺人犯から電話を受けたのは。てめえが尋問を受けてる間、こっちは署長や理事官にこってりしぼられてたんだ。あんたのとこの記者の管理はどうなってるのかとな。背中が汗でびっしょりになるほど冷や汗のかき通しだ。いいか、何度でも言うぞ、てめえは事件の当事者に成り下がってるんだ。そのことだけを頭に叩っこんでおけ」

岩田は顔をそむけることもできず、ただうなずくしかなかった。

——家に帰って首を洗って待ってろ、明日から出社に及ばん。

尾形の口から次に出るはずの言葉が浮かんだ。しかし、予想ははずれた。

「宮瀬の件、担当は相羽だな？」

しばらく、尾形の吐いた言葉が宙に漂った。

宮瀬の件をどうするというのだ……。

「そうですがなにか」

「今日は局に上がらせろ」

「……どういうことですか？」

「宮瀬の件、勝又にぜんぶあずけろ。資料、写真、テープもろもろぜんぶだ。メモ一枚残すな」

「……ですが」

「そこ、とめろ」

尾形に命令されて運転手は車を急停止させた。

不機嫌そうに前を見つめる尾形を横目に、岩田は車から下りた。

岩田、と車から呼びとめる声がして、ふりむいた。

「記事にしておけ」

「はっ？」

「聞こえたのか？　今日の一件、てめえしか記事にできねえだろうが」

返事を返すひまもなくドアが閉まり、黒塗りは走り去っていった。

放りだされた場所の見当が、すぐにはつかなかった。

携帯をとりだしてモニターを見た。部下たちから七つの着信が残っていた。

通りかかったタクシーを呼びとめ、シートに身体をあずけた。吉祥寺駅まで頼むとひとこと言うと、タクシーは静かに走りだした。

まだ、高津は捕まっていないのだ。そんなときに、面白おかしく記事を書けば記者としてのモラルが問われる。ありのままは書けない。八百万読者に醜態をさらすだけのことになる。断るべきだった……。

吉祥寺駅に着いて、永井友子と話しこんだ喫茶店に入った。モバイルパソコンを使い、言われたとおり、記事にまとめて三宅あてに送った。部下に居場所を知らせ、店にあった大毎の一面を広げる。

〈自由党宮瀬議員　ヤミ献金の疑い〉

まさか……。

乾いた目に文字が突き刺さる。

……自由党衆議院議員宮瀬茂信氏は人材派遣業界大手ゴールドコム社会長の末永秀男氏から、私設秘書給与の肩代わりを受けていた疑惑が浮上した。ふたりはかねてからの付き合いがあり……

細部までとても詰め切れていない。何度もくりかえされてきた政治資金規正法がらみの不正記事の域を出ていない。しかし、もう遅い。

抜かれた……。

一世一代の大ネタを。特命班全員の未来のかかったネタを。子供のように必死で追いかけたネタを。ようやく、岩田は理解した。アンコウがネタをすべてよこせといった理由を。もはや、隠し事でもなんでもなくなってしまった。あとは、後追い記事を書くしかないではないか。

26

「申し訳ない、このとおり、謝る」

岩田は相羽にむかって、深々と頭を下げた。

「キャップ、よしてくださいよ」

「おれの力不足だった。もっと、うまくやれば、こんなざまにはならなくてすんだ」

「だから、いいですって。抜かれたもんは帰ってきませんよ。今日の夕刊に載せる宮瀬の記事、三宅さんに送ってあります。中身は大毎とは比べものになりませんから。連中、走りだしたばかりですから。こっちは三月分の蓄積があります。読者はちゃんと見てくれますって」

軽い口で返されて、岩田は一層やりきれなかった。

明日の朝刊以降は、政治部中心に記事が回される。岩田の班にお呼びがかかることはない。

「でな、その件だ、カッチン……すまないがこれから局に上がってくれんか?」

「上がるって……ここはどうする気ですか?」

「上がって、宮瀬の資料、すべて勝又に渡してくれ。説明も頼む」

相羽の顔から血の気が引いていくのがわかった。

「命令ですか?」

「冗談でなんか言わん。頼む、このとおりだ」岩田はもう一度、頭を下げた。「ところで、吉祥寺署は動きあったか?」

「高津が車でニューハニーを出たと捜査本部は結論づけたようですが、車種やナンバーは映像を解析中でわかっていません。幹部は本部に閉じこもったきりです」深沢が言った。

「殺された警官のことですけど、これ以上調べても、意味がないような気がしませんか」

島岡が言った。「高津の追い込みが本筋ですから」

「泣かせネタだよ、読者が欲しがるのは」

相羽がつぶやいた。

深沢があきらめたふうに岩田の顔を見た。

「わからないですね」島岡が口を開いた。「立てつづけに二度もホシから電話が入ったわけでしょ。捕まっていたらお手柄になりますけど。どうなんですか、こういうのって……」

「正直言うと、いまひとつ飲みこめんのだ」岩田は言った。「出所した高津がおれのとこへ電話してくるのはわかる。だけどな、それから先だ」

岩田はあらためて、二度目の電話の中身とラブホテルで取り逃がしたときのことをくわしく話した。

「捕まってもいいと思って、高津は電話をよこしたんですよ……あるいは、助けてほしいと思って」

と島岡が感想を洩らした。

「電話があったとき、おれもそう考えた。ああ、こいつ、おれを経由して自首したがってるなと、だからぎりぎりまで、ホテルにいたんだろうと思う」

「どうですかね、それって」相羽が異を唱えた。「どうも、このヤマ、胡散臭《うさんくさ》い。そう思いませんか？」

「どういうふうに？」

「だいたい、殺人を予告するなんて……馬鹿げてますよ」

「事実だから、しょうがない」

「キャップが話した相手、ほんとに高津にまちがいなかったんですか？」

「電話はやらせだったってか？」岩田は語気を荒らげた。「カッチン、宮瀬、これはこれだろ」

「いま、キャップが未明に高津と電話で話した中身、引っかかるところがあるんですけどね」

「どこが？」

「高津は、せせらぎ会のやつに、豆腐を食わせる店に連れてってもらったんですよね？」

「ああ、言ってた」

「だったら、その店探せば、せせらぎ会の線、追えるんじゃないですか？」

「おまえ、吉祥寺に豆腐食わせる店、いくつあるか知ってるか？」

「まあまあ、キャップもカッチンも。少し頭冷やして、筋道立ててみましょうや」

深沢が間に入ると、島岡がしゃべりだした。「もともと、高津省吾は警官を見ると、かっとなる質《たち》だったわけでしょ。そんな奴が、せせらぎ会とかいう団体の人間と会って吉祥寺に来た……いや、公園まで連れてこられた、か？　制服を着た人間への鬱憤がたまっていたところに、警官が通りかかってグサリと殺《や》っちまった。殺された警官は非の打ちどころがない優秀な警官。と、こうなりゃ、この『せせらぎ会』っていうのがなにかを握ってると考えていいんじゃないでしょうかね？」

「なあ、シマ、そんなこたぁ、だれでもわかってるんだぞ」

相羽があきれたように言う。

「ですけどね、キャップ、ここが肝心ですよね」

「それはそうだがな、シマ、あいにく、せせらぎ会なんて、どこにもないんだよ。警察もわからんそうだし」

「じゃ、高津が嘘をついてる？　それとも、高津の姉貴かも……」

「姉さんのほうは嘘はつかない」

「残されたのは警察か」

相羽が洩らした。

「カッチン、おれのネタ元、疑ってるのか？」

「そんなつもりで言ったんじゃありませんよ」

「吉祥寺署はどうだろ？　一課とそりが合わないんでしょ？」深沢が言った。「例の山根の偽ブランドバッグの一件。キャップ、たしかに見たんでしょ？　吉祥寺署の刑事が署へ駆けこんでいくのを。でも、奥寺さんはそんなバッグが持ちこまれた形跡はないという。それは山根がパチンコ屋を強請《ゆす》っていて、それを吉祥寺署側が隠蔽《いんぺい》するために嘘をついているというのがキャップの見方ですよね？」

「そう見るしかない」

「でも、それに殺された山根がからんでいるんですよ。どう思います?」

「……隠蔽ではないと言いたいのか?」

「それを探るのも一興じゃないかなと思って。殺された山根が鍵になるような気がするんだけどなあ。キャップ、山根は受け持ちでもないのに、パチンコ店の取り締まりを強めていた。そうでしたね」

「ゼンさん。正確に言えば、パーラーダイヤの取り締まりです」島岡が口をはさんだ。「ほかの店には手をつけていません。ちなみに、山根があの店に目をつけたのは、パーラーダイヤで使ってる景品が偽ブランドだという噂をつかんだからですよ」

「山根が取り締まりをはじめたのはいつからでしたっけ?」

深沢は岩田に訊いた。

「三月の中頃から」

「それから、今月に入って、山根はパーラーダイヤが扱っていた偽ブランド品の現物を見つけて、それも真贋鑑定をしていた。これは本来、所轄の生活安全部の管轄ですよね? そして、そのことを吉祥寺署は隠している」

「山根は陰で悪さをしていたっていう噂、本当だったんですかね」島岡が言った。「パーラーダイヤの悪事をネタにして強請っていたというのは。模範警官という表の顔とは裏腹に、かげでやばいことをしていた。それを吉祥寺署が隠していると」

「どうだろうな」岩田が言った。「やっぱり、山根という人物はまじめ一辺倒に見えてしかたない」

「山根の本当の狙いを確かめなくちゃいけませんね。死人に口なしだけど」

「いや、山根のフィアンセから追うという手があるな……」深沢が言った。「彼女、このひと月、山根の様子が急に変わったということでしたよね？」

「音楽の好みも変わったし」と島岡がつけ足す。

「それに、ＪＳＧ……でしたっけ、山根って警官にしては、妙な団体に入っていたようだし。新宿のビルで、わけのわからない弔《とむら》いをしたっていうのも気になりますねぇ」

「そうだな」

岩田は相づちを打った。

「せせらぎ会の件、デスクに応援を頼んだらどうですか？　人海戦術で片っ端から店を洗うしか手はないじゃないですか」

島岡が唐突に言った。

「いまさらできんな」深沢が言う。「どう、キャップ？」

「山根の件、もう少し当たってみるか？」とだけ言うと、三人が同時にうなずいた。

「よし、ゼンさん、お玲にＪＳＧの場所を調べさせて行ってみてくれないか。シマは山根のお袋さんに会って、もう一度、じっくり話を聞き出せ。おれは新宿のビルを訪ねてみる。

調べがつきしだい、またここで会おう。カッチンは悪いが……な」

言い終えるや岩田の方をにらんだ相羽の顔つきが、みるみる変わるのを見て、岩田はふりかえった。

高い背もたれをはさんだすぐうしろの席から、ぬうと唐木が立ちあがり、そこから離れていった。

盗み聞きしてやがった……。

「おい、待てっ」

相羽が言うのを制して、岩田は急ぎ足で唐木の横に並んだ。

「懲《こ》りねえ奴だな、おまえは」

「混ぜてといえば、お仲間にいれてもらえましたかね」

「かりそめにも同じ社の飯を食ってる仲だろ。仲間に入れてほしけりゃそう言え」

「そういう岩田さんはどうです？　高津に埋もれて、警察の動きをとりこぼしちゃいないですか？」

「なんのことだ？」

「じゃ、お先に」

岩田は支払いをすませて店を出ていく唐木の背を見送るしかなかった。

27

上原第一ビルは新宿駅から歩いて五分ほどのところにあった。青梅街道沿いにある八階建てのビルだ。自動ドアから中に入ると、ガードマンの制服を着た若い男がいた。記者証を見せて、訳を話すと、すぐわかったようだった。

「先月のはじめ頃、飛び降り自殺があったけど、たぶん、それじゃないですかねえ」ガードマンは言った。「八階の屋上から女の子が飛び降りたんですよ。たしか、三月六日の土曜日だったなあ。朝の九時頃でしたね」

「自殺というと……遺書とかあったんですか？」

「さあ……ただ、女の子がいた場所に、折れたタクトが置いてあったって聞いてますけど」

「折れたタクト……」

自殺のあった日は三月六日。そして、山根がビルを訪ねたのはそれからひと月後の四月六日。月命日にあたる。

山根はもしかしたら、その女の子を弔うためにここを訪れたのではないか。

自殺したのは、松崎若菜という女子高生だった。しかも、住まいは吉祥寺だったという。山根巡査部長は職務を通じて松崎若菜と知り合いになったのだろうか。

松崎若菜は母子家庭のようだ。母親とふたり暮らしをしていたらしい。松崎律子の勤務先に電話を入れてみると、本人が出た。用向きを伝えると、自宅の住所を教えられた。

岩田は中央線で吉祥寺までとって返し、タクシーに飛び乗った。

交差点で左折して五日市街道に入った。中央通りで右折し、武蔵野市役所をすぎてしばらく走ると、小さなアパートの前でタクシーは停まった。松崎若菜の住んでいたアパートのようだ。


ふっさりと肩まで髪を垂らした、一重まぶたの勝ち気そうな女の子が、岩田を見つめていた。卒業写真を引き伸ばしたものだ。手を合わせて目礼し、線香をたむけてから、もう一度写真にむかって深く頭を下げた。

そうしてふりかえり、ちゃぶ台をはさんで松崎律子とむきあった。娘と似ている。薬局に勤めているらしく、白い制服を着たままだ。

「このたびはご愁傷様でした」

と岩田が頭を下げると、律子は探るような目で、

「どうも、ありがとうございます」

と返事をした。

二階の西向きに当たる2DKの狭いアパートだ。南側に高級な高層マンションが建っていて日当たりも悪そうだ。

「あらためて、不作法をお詫《わ》びしたいと思います。山根さんの周辺にお伺いしても、お嬢さんのことをご存じの方はいらっしゃらないものですから、直接お訪ねしてしまいました」

「いえ、こちらこそおかまいなく。井の頭公園の事件ですけど、テレビでちらちらとニュースを見た程度で、あまり、よく知らなくて申し訳ありません」

「とんでもありません。こちらこそ」

「お電話をいただいて考えたのですけど、親戚に警官はいませんし、若菜が警察の方の世話になったようなことはこれまで一度もありませんでした」

「ここ三、四日、テレビでよく写真が流れているのですが。この方です」

岩田はデイパックから、山根の写真が入った新聞記事の切り抜きを律子の前に差しだした。

「そのつもりで見ていないものですから」と言いながら、律子は手にとって、しばらくそれをながめると、おや、というような表情を見せた。

「なにか、おわかりでしょうか？」

岩田が訊くと、律子はさらに写真を顔に近づけて、食い入るように見つめた。

「……若菜のお葬式に見えた方だわ」

岩田は耳を疑った。

「あの、いまなんと？」

律子は驚きと疑心がまざった顔で、岩田を見つめた。

「ですから、この方、若菜のお葬式に来ていただいた方です」

「……本当ですか？　よく、見てください」

言われて律子はまじまじと写真に見入った。

「……まちがいありません。この方です。テレビのとずいぶんちがってるのでわかりませんでした……」

テレビによく出る写真は、山根が警察に入った頃の若々しい写真だから、わからなくても無理はない。

山根は松崎若菜の葬儀にまで出ていたとは。しかし、どうして律子は山根を知らない？

「山根さんがお葬式にお見えになったとき、お話をされませんでしたか？」

「……しませんでした」

「お名前もわからなかった？」

「葬式が終わって、みなさんからいただいたお香典の中に、五万円も入っていたものがあって。封筒に名前は書いてなかったんですけど、それはこの方からいただいたものだったかもしれません」

「五万円ですか……」

「はい、お香典はあとから調べたので、その場ではわからずじまいでした。でも、たぶん、あの方がおいていったのではないかと思っていました。でも、見ず知らずの方でしたので、少し気味が悪くて。若菜の友だちや親戚に聞いて回ったんですけど、この方を知っているという人はいませんでしたし」

「学校の方々はいかがでしたでしょうか？」

「担任と校長先生が見えましたけど、お二方とも知らないと仰《おつしや》ってました……うちは主人に、若菜が五歳の時に先立たれてしまって、親戚も少ないし、娘とふたりで細々と暮らしてきたような家ですから。でも、それが殺された方とは……」

「お嬢さん、繁華街のほうにはよく行かれていましたか？」

「はい、CDショップや譜面を買いに自転車でよく出かけていましたけど」

「お気を悪くされないようもう一度、お伺いさせていただきますが、お嬢さんはなにか、警察と関係するような事件に巻きこまれていたとか、そういうことはありませんでしたか？」

「それだけは絶対にありません。断言できます」

やはり、若菜の自殺した原因に触れなくては先に進めないような気がした。

岩田は態度をあらためた。「立ちいったことを何度も訊いて恐縮しますが、若菜さんの自殺された理由はどういったことになりますでしょうか？」

「入試に失敗したことしか考えられません」

きっぱりと言われて、岩田はまごついた。

「入試と申しますと……」

「あの子は今年、高校三年で三鷹音楽大学を受験したんですが、それに落ちてしまって……それで思いつめてしまったんです」

言いながら律子の目のふちが潤んだ。

三鷹音大といえば、世界的な指揮者が輩出している音楽専門の私立大学だ。入学試験も難しいだろう。幼い頃から、本格的な音楽教育を受けていなければ、なかなか通らないはずだ。そんな環境が得られるのは裕福な家庭の子供に限られるだろうが、松崎家にそのような財力はないように思えた。

「何科を受験されたんですか？」

「指揮科です」

「……指揮ですか」

自殺現場に折れたタクトが置かれていたことを思い出した。三鷹音大の指揮科といえば、募集人数はかなり少ないのではないか。受験生も多くないように思える。

「定員はどれくらいですか？」

「三人です」

「少ないですね」

「はい、音大にある指揮科そのものが少ないんです。東京では国公立で芸大、私立では二校しかありません。三鷹音大はその中のトップです」

「難関ですよね？」

「もちろん、そうなんですけど……」

「なにか？」

「見てのとおりの暮らしです。若菜ひとり学校に上げるのも苦しくて……でも、若菜の亡くなった父親はとても音楽が好きで、音大志望だったんですが、家庭の事情で行くことができませんでした。でも、家ではいつもクラシックのCDを流していました。そんな血筋を受けたのかどうか、わからないのですが、若菜も父親に輪をかけたような音楽好きでした。五歳の頃から、ピアノを習いはじめました。小学校の頃から、わたし、大きくなったらオーケストラの指揮者になるって、いつも言うような子でした」

「指揮者ですか……」

「中学も高校も公立ですけど、ずっと吹奏楽部に入ってました。フルートが得意で高校二年のときは、指揮棒をふっていました。小さい頃から通っていた音楽塾の先生のつてがあって、高校一年のときに、三鷹音大の夏期セミナーに入れてもらったんです。そしたら、久米先生という教授の方にとても気に入られて、『若菜ちゃん、きっと将来は指揮者になれるよ』といつも元気づけていただきました。高校三年の夏も同じようにセミナーに行って、そこで久米先生から、来年度の特待生枠のひとりに、若菜ちゃんを推薦してあるから、必ず、入学試験を受けるようにと言われました。もう、天にも昇るような気持ちでした。わたしも若菜も……それがあんな結果に終わってしまって」

ひと息にしゃべると、律子はふたたび、肩を落とした。

松崎若菜と殺された山根和敏は縁もゆかりもない。その山根が若菜の自殺を気にかけていたとはどういうことなのか。

「あの、おかあさん、若菜さんの自殺ですが、報道はされましたでしょうか？」

「自殺した翌日、一部の新聞に小さく出たらしいことは聞きました」

それを見て、山根は若菜の自殺を知ったのだと思われた。そして、通夜に出むき、葬式にも顔を見せた。名乗らずに、高額の香典をおいていった。

山根は、どこで松崎若菜のことを知ったのだろう。なぜ、若菜の葬式に出たのか。松崎若菜の自殺に、山根とつながるなにかが潜んでいるような気がする。

「自殺したのは、西新宿の上原第一ビルですね？」

「はい、五階に小学生の頃、ピアノのレッスンで通っていた教室がありました」

「なるほど……三鷹音大の学費って馬鹿にならないですよね？」

「はい……わたしひとりでは、とても払えません。ですから、特待生枠ということで久米先生から推薦していただいておりました」

「特待生枠というと、学費免除？」

「そうです」

「何人くらいですか？」

「一学年、ふたりです」

「大したものですね。若菜さん、それだけ大学の先生に見こまれていたわけですから」

「深大寺セミナーのときから、ずっと一番でした」少しほこらしげに律子は言った。「三鷹音大のキャンパスが三鷹の深大寺にあって、セミナーもそこでやるので、そう呼ばれるようになって」

「深大寺セミナーというのは、三鷹音大の指揮科だけのセミナーですか？」

「はい、十人弱です。その人たちが入試でも競争相手になります」

「少ないですね。みな、顔見知りになるんじゃないですか？」

「そうです。わたしも何人か知ってます」

「そのお友だちの間でも、若菜さんはやっぱり……」

「だれが見ても、トップ合格まちがいなしと言われていました。でも、特待生枠は今年限りで終わりなんです」

「えっ、来年はない？　で、おかあさん、受験日はいつでしたか？」

「二月の十七日です」

「合格発表の日は？」

「三月三日でした」

「入試に関する資料のようなものはありますか？」

「セミナーのものならありますけど」

「見せていただけませんか？」

松崎律子は承知すると、となりの部屋までとりにゆき、何枚かの紙と写真立てを手にもどってきた。

渡された紙には、九人の名前と住所や電話番号、そして保護者の名前がワープロ打ちされていた。かなり親密にしていたようだ。三人の名前のところに、丸いチェックが入っていた。写真立てに入っているのは、セミナーの九人全員で写っている写真だ。

「三鷹音大の指揮科を受験したのは、この九人だけですか？」

「はい、この方たちだけです」

「この丸は合格した人？」

「そうです」

野口文人、榊原宏隆、加藤麻美《あさみ》の三人。

写真に写っている三人を教えられる。

「知識がなくて恐縮ですが、指揮科の受験というのは、やはり、オーケストラを指揮したりするんでしょうね？」

「そんな大がかりなことはしません。音楽全般の知識を見る楽典と実際の音を聞いて音符に書くのが聴音、このふたつが筆記試験で、あとはピアノの実技、それと二台のピアノを使った課題曲の指揮をするだけです。もちろん面接はありますけど、若菜は特待生の推薦を受けていたので、英語とか国語とかの一般の学科試験は受けなくてよかったんです」

「二台のピアノを使った指揮というのはどうするんですか？」

「それぞれ演奏する方がいて、それを指揮するのです」

「二台のピアノだけで、指揮が上手《じょうず》か下手《へた》かわかるんですか？」

「もちろんです。演奏する方は忠実に指揮に従って演奏しますから。指揮する側は、フルオーケストラの指揮と同じ指揮をします。若菜のときの課題曲はこれでした」

律子はタンスの上にある小さなコンポに一枚のCDを入れて、プレイボタンを押した。

やがてファゴットらしき音色が聞こえてきた。よく聞く曲だ。たしかモーツァルトの……。

「『フィガロの結婚』……この序曲が課題曲でした」

ふと岩田はそのことを思い出した。

……山根が聞いていたクラシックではなかったか。

「合格した野口さん、榊原さん、それから若菜はセミナーの三羽ガラスって言われていて
……中でも若菜の合格を疑う人はいませんでした」

「本番の受験の出来はどうでしたか？」

「筆記も実技もパーフェクトだったと思います」

亡くなった本人の弁だろうが、それが本当かどうかたしかめる術《すべ》はない。

「実技の判定はだれがするんですか？」

「指揮科の教授と准教授、講師とぜんぶで六人が実際の指揮を見て聴いています」

「おかあさんは実技に立ち会いましたか？」

「保護者は立ち会えません」

律子は次のページを開いた。

試験官の名前が入っている。

たしかに指揮科の教員たち六人だ。

律子は最初のページにもどすと、

「麻美さん、高校一年のときから、若菜の友だちでした。家に泊まりに行ったりしてとても仲が良くて……でも……」

と息がつまりそうな感じでしゃべりだした。

「どうかされました？」

「麻美さんは三年間、ずっとセミナーでは四番手でした。でも、麻美さんのお宅、うちとちがってとても裕福で……」

なにを言いたいのだろう。

九人の名簿のうち、七人が男性で女性は松崎若菜と加藤麻美のふたり。トップ合格まちがいなしの若菜が落ちて、四番手の加藤麻美が合格したことになる。受験は水物で、考えられないことではないが。

加藤麻美の名前が出てから、律子の様子がどことなくおかしい。

「あの…加藤さんがどうかされましたか？」

「いえ……確証なんてないんですよ……でも、彼女のお父さんは重役さんだし、うちとちがって財産もあるから、それを使って……」

そこから先の言葉を律子はのみこんだ。

まさか、裏から手を回して不正入学？

いまどき、そんなものが大手をふっているのか？　それとも、音大に関しては、そうした習慣がいまでも残っている？

岩田にはそれから先を訊くことがためらわれた。

28

吉祥寺駅にもどったのは、午後二時を回っていた。深沢から、調べがついて吉祥寺駅にもどったとの連絡があった。待ち合わせ場所を決めて電話を切る。

駅の売店には、どきりとするタブロイド紙の前垂れが風に舞っていた。

〈殺人鬼逃走　未明、ラブホから〉

〈犯人から電話？　東邦記者、早朝から事情聴取〉

東邦新聞の夕刊を買い求めた。一面トップに、宮瀬茂信とゴールドコム社会長の末永秀男の写真が対《つい》で載っていた。

その上に、

〈人材派遣ゴールドコム社　自由党代議士にヤミ献金か〉

の見出しが躍っていた。記事も読まずに、ゴミかごに放り投げる。

携帯に島岡から報告が入った。

「キャップ、たったいま、記者会見がありました。高津が乗っていた車が判明。平成十八年式ホンダアコード、色はホワイト、防犯カメラの映像でわかったのはそこまでとのことです。同じ型の車が十八日の深夜、吉祥寺南町で盗難にあってます」

「高津が出所した日じゃないか。高津が盗んだのか……」

「警察はそう見て、ナンバーから追い込みをかけています」

「Nは？」

ナンバーさえわかれば、主要道路に設置されたNシステムで、走行時間や場所が判明する。

「ホテルを出た直後、新青梅街道の花小金井四丁目交差点付近でヒットしたらしいですが、発表はそれだけ」

「乗り捨てたんじゃないかな？」

「吉祥寺署ほか、近隣の五署で、大がかりな不審車両狩りの真っ最中です。空き地、駐車場その他もろもろ」

そこまでわかれば、高津の逮捕は時間の問題かもしれない。Nシステムのない道を選んで走るなどという器用な真似はいまの高津にはできない。しかし、十時間経過したいままでも、捕まらないということは、車を乗りすてている可能性も否定できない。

「それからもうひとつ、ニューハニーの十一号室に使用済みの注射器があって、覚醒剤反応が出たそうです」

……高津が打っていたのだ。

「わかった。今日はそのまま署につめてくれ」

「了解」

29

待ち合わせ場所のハモニカ横丁、〝なぎさや〟のカウンターに深沢の背中があった。チューハイ片手に、アジの干物をつついていた。岩田もその横に腰を落ちつけた。

「キャップ、時間かかりましたね」

「ああ、話が長くなった」

「いいネタ引いてきたんじゃありません？」

「そっちはどうだった？」

岩田が言うと、深沢はグラスに残ったチューハイを飲んでから、魚をわきにどかして報告をはじめた。

「JSG本部は四谷にありましてね。ちっぽけなNPOです。オフィス街のビルに入ってます。会議室がひとつに事務局だけ。女性スタッフがいて、彼女からあれこれ話を聞きました」

「やっぱり、ギャンブル依存専門のケアグループ？」

「競輪、競馬、パチンコ、麻雀、ギャンブルと名前が付いたものはすべて対象ということです。医者が治療に当たるというのではなくて、本部の会議室に会員たちが集まってミーティングするのが主な活動ということでした」

「ミーティングというと？」

「ギャンブル依存者同士、輪になって、自分の経験や辛かったことなんかをカミングアウトするんですって。都内各地の公民館とかに集まることもあるみたいですけどね」

「山根も依存症だった？」

「まさか、彼はあくまでボランティアのスタッフですよ。休日には仲間同士でリクレーションとかちょっとしたスポーツとかを適宜するそうなんですが、そっちの方の面倒をみていたらしいです」

「永井友子の父親は、もう参加していない？」

「ええ、相当競馬に入れ込んでいたようですけど、山根の介添えが功を奏して、すっかり立ち直ったらしいですよ」

「そうか……聞けば聞くほど、山根っていう警官、良い奴だよな」

「スタッフも口をそろえてましたね。あんなに親身になって相談に乗ってくれる人はいないって。症状が重い会員になると、修羅場《しゅらば》になるというんですよ。暴れたりね。そんなとき、会員の家族からSOSが山根によく入ったらしいんですよ。仕事以外のときは、夜なんかでも駆けつけてきてくれたらしくてね」

「警官だから頼りにされたわけ？」

「と思います」

「山根以外にも、スタッフに警官はいる？」

「いえ、山根ひとり」

「だろうな、警官て私生活でも縛りがきついから」

警官は旅行にも届けがいるし、免許ひとつとるのも届け出がいる。ボランティア組織に入ることも難しいのだ。

「そうそう、今年の一月末の金曜日だったかな、非番だった山根が、夜、本部に打ち合わせに出かけたときのことですけどね。スタッフと話しあっていたとき、事務局に山根あての電話が入りましてね。さっき話した女のスタッフがそれを受けたんですけど、男の声で、いきなり『おい、山根はいるか』とか言われたらしくて、いますけど、いま、手が離せませんと言うと、そいつ、『まだ、そんなくだらん会に顔、突っこんでるのか、あいつ……つべこべ言わずに出せ』とか暴言を吐いたらしくて、スタッフがどちらさまですか、って聞き返したら『もう、いい、月島会のもんだと伝えておけ』と怒鳴り返されて、いきなり切れたそうです」

……月島会？

「……ゼンさん、吉祥寺署の連中が行く飲み屋あったじゃないですか」

「ええ、小梅」

「山根が上司と飲んでいて、なにか言われたそうだったが」

「地域課の係長の梅本がね、山根に、『月島に足をむけて寝るな』と言ったという。わたしもすぐ、そのことを思い出しました」

「月島会か……」

「思うに月島会っていうのは、警官たちの内輪の集まりかなにかじゃないですか？　警視庁の警官連中、出身県や所轄や同期やらで、やたらと派閥を作りたがるじゃないですか。月島署の出身者の集まりかもしれないですね」

「でも、山根は月島署にはいなかった」

「……そうですね、梅本の言葉からすると、けっこう、縛りのきつそうな会のようにも聞こえましたけどね」

「仲良しグループじゃないかもしれないな」

警官たちが作っている派閥なら、奥寺は知っているかもしれない。

深沢は干物に箸をあて、身をほじくり返しながら、「ところでキャップ、そっちはどうでした？」

岩田は、松崎律子から聞いた話を披露した。

「『フィガロの結婚』……山根が聴いていたクラシックですよね」

聞き終えると深沢が言った。

「そうだ。それまでクラシックを聴かなかった山根が、ちょうどひと月前から聴くようになった曲だ」

「ひと月前といえば、松崎若菜が自殺した時期と重なるじゃないですか。しかも、三鷹音大の入試の課題曲……偶然の一致ですかね」

「わからん」

「山根は若菜という子の自殺だけじゃなくて、入試のことも知っていた可能性があるんじゃないですか？」

「そう見ていいかもしれん」

「課題曲ですか」深沢は九人の写っている写真を手にとり、つづけた。「九人で指揮科の三枠を奪いあったわけですね……顔見知り同士で」

「そのようです」

「壮絶ですね」

「高校生のときから、何年も同じメンバーでセミナーを受けているわけだから、互いの能力は見当がついてるだろうし。これがその九人です」

律子から借り受けたセミナーのメンバー表を見せると、深沢はしばらく見入った。

「この丸がついてるのが合格者？」

「そうです」

野口文人、榊原宏隆、加藤麻美。

この三人とも、松崎律子は知っていた。

「松崎若菜のおかあさんって、どんな人ですか？　やっぱり、夫を早くなくして、細腕ひとつで子供を育ててきた強い母？」

「まあ、そうかな」

「彼女の言い分、キャップはどう思いました？　うちの娘はトップで合格するはずだったっていうこと」

「嘘ではないような気はしました。親だから、ひいき目に見ているかもしれないけど」

「特待生っていうのはどうです？　大学側に確認はとりましたか？」

「そこまではしてないけど」

「そのおかあさんって、もしかしてギャンブル依存症？」

「いやいや、言下に否定されたよ。パチンコも麻雀もしたことありませんって。死んだ娘も同じですと」

「その娘の自殺を、山根はひどく気にかけていた。しかも、恋人にもだまっていたということはやっぱり……」

「男と女の関係というのがいちばん、妥当な線だとは思うけど」

「でも、このふたり、どこで知りあったんでしょうね？」

「……その前に本当に知りあいだったかどうかはわからない」

「どうして？」

「山根がクラシックを聴きはじめたという時期ですよ。もし、松崎若菜に影響されてクラシック好きになったとしたら、若菜が自殺するもっと前から、聴いているような気がするし。山根がクラシックを聴きはじめたのは、若菜が自殺した直後あたりからだったわけですからね」

「山根殺しが松崎若菜の自殺と結びついてるように聞こえますよ。キャップの言い方は。片方は自殺でしょ。もう片方は通り魔殺人ですからね」

「ただささ、若菜の母親が言うように、入試がからんでいるとすると……」

「不正入試と決まったわけじゃないでしょ？」

「それはそうだけど、問題は山根だよ、ゼンさん。山根の行動に矛盾が多すぎると思わない？　松崎若菜の自殺とときを同じくして、例のパチンコ屋の取り締まりや偽ブランドの景品の摘発をやるようになったし」

「入試の件、調べてみないといけないですね？　とりあえず、セミナーに通った八人に当たってみるのはどうですか？　住所も電話もあることだし。それと三鷹音大の試験官」

「そっちはまだ当たれないかもしれない」

「ですね、当たるとしても最後か。キャップ、手分けして、八人に当たってみますか?」

「いいね」

その場で受け持ちを決めると、深沢は、さっそく相手の携帯に電話をかけはじめた。

30

吉祥寺署の表玄関は人の出入りがほとんどなかった。岩田は用心深く中をのぞきこみながら、一階ロビーに入った。入り口のわきにある公衆電話の前に立ち、電話をかけるふりをしながら、奥手にある警務課を見やった。

その奥にある署長室の手前で、副署長の菊地が自席に着いているのが見えた。管内で重大事件が発生したからといって、署の日常業務から解放されているわけではないのだ。

岩田は公衆電話に十円硬貨を入れて、署の代表番号にかけた。

一度のコールで受付の女性の声がした。

「もしもし」

「はい、こちら吉祥寺署ですが、ご用件はなんでしょう?」

「菊地副署長さんをお願いしたいのですが」

「どちら様でしょうか?」

「東邦新聞の岩田とお伝えねがえますか？」

「お約束はございますか？」

「しておりませんが」

「お待ちください」

菊地を見ていると、電話の受話器を取るのが見えた。

切り替える音がしたかと思うと、菊地の声が聞こえた。

「岩田さん、困るよ、いまは」

「申し訳ありません。少しお耳に入れておきたいことができまして」

「また、それ……」

「実はいま、玄関からお姿を拝見しています」

すわったまま、菊地は背伸びをするように岩田のいる方角に顔をむけた。こちらと視線が合った。

「……まったく、どの面下げてくるんだよ」

電話が切れると、菊地は席を立ち、カウンターにむかって歩きだした。

岩田もそれにならうように、警務課に足をむけた。

菊地はカウンターを出ると、岩田を廊下の奥にある小さな応接室に連れこんだ。

「手短に頼むよ」

菊地は椅子に浅く腰掛け、半身《はんみ》になって言った。

「殉職された山根警部のことです。彼は先月から自分の受け持ち区域にあるパチンコ店のひとつを集中的に取り締まっていたようですが、そういった事実はありますか?」

「彼氏は生安希望だったから、成績上げようと思ってしたんじゃない?」

「やはり、あったんですね?」

「山根君についてはもうふれないでくれないか。あちこちで根も葉もない妙な噂が立ってご遺族に申し訳ないよ」

……あったということで、いいのだな。

「わかりました。それと、もうひとつ。松崎若菜という女子高生の名前は聞いたことありませんか?」

「……だれだって?」

岩田はもう一度、名前をくりかえした。

「聞いたことないなあ、その子がなにかしたの?」

「先月、自殺しまして、山根さんはそのことを知っていたと思います」

「プライベートは把握してないよ」

「梅本さんはいかがでしょう?　是非、直属の上司の方からお話をお伺いしたいと思うのですが」

「お宅は強引だね。やることなすことぜんぶ」

強い口調で菊地は言うと、たずさえてきた新聞の一面を岩田にむけた。

本日付東邦新聞夕刊の第二社会面。

〈殉職警官脅しの疑い
警察関係者によると、井の頭公園で刺殺された山根和敏警部が、吉祥寺駅北口にあるパチンコ店〝パーラーダイヤ〟に不利な情報を集め、それを公表すると脅して、現金を得ていた疑いが浮上した。事件以後、この種の噂が流れていたが、あらためて警察関係者へのインタビューで、その一端が明らかになった。具体的には……〉

一読し、岩田は腰が抜けそうになった。

末尾に（唐木英二）の署名入り。

抜かれた……。

唐木は今朝の盗み聞きした内容を元に、パチンコ店に探りを入れた。そこでなにがしかの確信を得たので、知り合いの警察関係者に当たったのだ。その結果がこの記事……。

「副署長、これはまったく初耳です」

岩田は喉《のど》からふりしぼるように言った。

「同じ東邦が知らないってか？　それはないだろう」

「いえ、ですから、本当ですって」

「あんた、今朝のはなに？　このままですむと思ってる？　甘いぞ、それって」

「は……わかっています」

「どうわかってるっての？　事情聴取は終わりだと思ってる？　そりゃ甘いぜ。あんたが未明に会社にいたとき、高津から受けた電話だけどさ。ついさっき、捜査員からＮＴＴの調べがすんだっていう報告が入った。事情聴取であんたが話した中身と、電話が入った時間だけどさ、タイムラグがあるんだよ。あんたが、わざとうちへの通報を遅らせて、高津が逃げる時間を稼いでいたんじゃないかって見ているむきもあるんだよ。どうなの、そのあたりは？」

「……それはお話ししたとおりですが」

「いずれまた呼び出しがあると思うから、覚悟しておいたほうがいいよ」

岩田は答えることができず、だまりこんだ。

「副署長……梅本係長からお伺いしたいことがございまして……いま、お呼びいただくわけにはまいりませんでしょうか？」

「いま、ここに？」

岩田がうなずくと、菊地は腕を組んで、口をへの字にひきむすんだ。

「無理」

「検問に出ていらっしゃるんですか？」

「それなら呼びもどせるけど、彼、本部の警務に呼ばれて桜田門に行ってる」

そう言うと、菊地は身を乗り出して、岩田の目をにらみつけた。

岩田は身を引いた。

「あんた、身に覚えない？」

菊地に言われて、岩田は考えをめぐらせた。

思い当たることといえば、ひとつしかない。

先日、記者会見のおわったあと、幹部たちといっしょに出てきた梅本に、刑務所における高津の精神状態について訊いた。あのときのことを言っているのか？

「いいよな、君らは、あちこちほじくり出してすっぱ抜いて。でも、当事者としたら、たまらんぜ。いまごろ、梅本は本部で警務にこってり油、しぼられてる。おれだって、いつ、首が飛ぶかわかんないぜ」

「お辛い立場にあることはわかりますが、それとこれとは……」

「それもこれもないだろ。だいたいが、君がはじめた事件なんだぜ、これは。君が犯罪者の肩を持つような記事を書くから、あの高津がお墨付きをもらったみたいに、妙に自信がついてしまって、それで、警官を手にかけたんだ。あんたがあの記事さえ書かなかったら、山根だって今頃、ぴんぴんしてるし、パチンコ屋を脅してたなんて根も葉もない噂が出たりはしないんだ。あんた、その辺、わかってるのか？」

「………」

「もういいだろ、さ、帰ってくれ」

席を立った菊地に岩田は声をかけた。

「副署長、ひとつだけ」

菊地はドアの手前でふりかえり、岩田を見るとまなじりをつり上げた。

「山根さんや梅本さんは月島会という会に入っていたようです。この会についてなにかご存じではありませんか？」

岩田が言うと、菊地の顔色が変わった。

「なんだって？」

「月島会です」

「どこから聞いた？」

「ある筋からですが」

「こんな商売やってるとさ、ひとりでも身内に味方がほしいと思うのよ。だから警官はやたらと会を作って身の安全を図るわけだ。そのなんとかいうのも、その線じゃないの？　さ、早く出て」

岩田は部屋を追われるようにして出た。

吉祥寺署の前で待っていると、殺気立った島岡が現れた。

「キャップ、唐木は？」

島岡は呼び捨てだ。

「見かけん。中じゃないのか？」

「いたら、ぶちのめしてやりますよ。居場所は知らないですか？」

「かりにも年上だろ。かっかするなよ」

「あいつ……」島岡はつぶやいた。「会ったらただじゃおかねえ」

「しょせん、あいつはあの程度だ。シマ、署はどうだ？」

「もうじき夕方の記者会見です」

岩田は腕時計を見た。

午後五時五分前。

「高津はだめか？」

「ぷっつりです。本部捜査員は出払ってますし、機動捜査隊も出ていったきり、音なしです」

「一課は？」

「幹部しか残ってません」

岩田が松崎律子から仕入れてきたネタを話すと、島岡が意外そうな顔で言った。

「不正入試と山根がつながっているということですか……」

「まだなんとも言えない。これから、セミナーの連中に当たってみる」

「山根は若菜の自殺の原因を知っていたんですか？」

「それもいまのところはクエスチョンだが、もし、知っていたのなら、ますます怪しいことになる。今日はシマ、ひとりで悪いが署に張りついてくれ」

「わかりました」

島岡がいなくなると、岩田は奥寺の携帯へ電話を入れた。

相手はすぐ出た。

「たびたび申し訳ありません。ひとつだけ知りたいことができました」

奥寺がだまっているので、つづけろと解釈した。

「警官同士が内輪で作っている派閥のようです。月島会というの、ご存じありませんか？」

奥寺は沈黙を守っている。

「ご存じですね？」

岩田がたたみかけると、奥寺はささやくような声で言った。

「このヤマと関係はあるのか？」

やはり、心当たりがありそうだ。

「いまの時点ではなんとも言えません」

「よその部のことについては、あまり言いたくないな」

よその部……もしかしたら。

「生活安全部？」

奥寺は否定せず、

「去年の夏、錦糸町のカジノバーの手入れで内偵日をちくった警官いただろ」

それだけ言うと、電話は切れた。

岩田は通話終了というモニターのサインをしばらくながめた。

内偵情報を漏洩させた警官……。

警視庁の生活安全部はバー、キャバレーの出店の認可や取り締まりを担当している。具体的には所轄署の生活安全課が行うが、現場では癒着がしばしば問題にされる。調べようによっては、もう少し突っこんだ情報が得られるかもしれない。

岩田はつづけて社会部デスクの三宅に電話を入れた。

「例の記事のことか？」

いきなり三宅に言われた。

「その件はまたあらためて。ひとつ、頼みたいことができました」

「頼み？　なんだ？」

岩田は錦糸町のカジノバーの手入れで内偵日を店側に洩らした警官がいるが、そのときの事件について調べてくれないかと話した。

「錦糸町？」

「去年の夏です」

「……たしか、懲戒処分くらって依願退職したような奴がいたな」

「たぶんそれです」

「このヤマに関わりがあるのか？」

「わかりません」

「わかった。調べてみる」

31

岩田が池袋駅に着いたのは午後六時を回っていた。待ち合わせ場所に指定されたのは駅東口のマクドナルドだ。店の奥に楽器ケースをたずさえた若い男がいた。見覚えがある。

岩田はコーヒーを買い求め、男のいる席にむかった。

後藤孝之とは二時間前に電話で話したばかりだ。後藤は三鷹音大は落ちたが、池袋にある東和音楽大学の作曲科に合格して、今月から通っているという。

「急にお呼びだてして申し訳ありません。岩田と申します」

名刺を渡すと後藤はしげしげとながめた。記者の名刺など、もらうのははじめてだろう。

「授業は終わりましたか？」

東和音大は池袋駅の北一キロほどのところにある。

「今日、午後の授業はなかったし、ぶらぶらしてたところですから」

「後藤さんもゆくゆくは指揮者をめざしていらっしゃるんですよね？」

「まあ……」

「東和には指揮科はないんですか？」

「残念ながら……作曲の勉強をしながら、学校のオケでタクトをふらせてもらいますよ。で、深大寺セミナーのことですよね？」

「そうです」

岩田が言うと、後藤は目をそらした。

「若菜があんなことになっちゃって、びっくりですよ。飛び降りた日にすぐ、仲間から連絡が入って、みんなであのビルに駆けつけました。なんて言っていいのか……まだ整理がつかないんですよ。若菜の自殺って」

「お察しします」

「あれからもう、セミナーの連中とは会っていません。というか、もう会わないだろうなって思います。できれば早く……」後藤は言葉をのみこみ、つづけた。「次のステップに入っていきたいんですけどね、なかなか思うにまかせなくて」

「お辛いところを申し訳ありません。その……門外漢の自分には、オーケストラの指揮を目指す志というようなものが、なかなか理解できないのが正直なところで……」

「指揮者って簡単に言ってしまえば、独裁者ですかね。あれだけの楽器の音をまとめるんですから。自分なりの音楽観を持っていなくてはなれないです」

「年季がいるとよく聞きますけど、そうなんでしょうね？」

「もちろんそうです。譜面を徹底的に読みこんで頭の中で自分なりの演奏を響かせるという作業をずっとつづけます」

「わたしがわからないのは、指揮の上手《うま》い下手《へた》をどう見分けるかです。楽器なら、演奏させてみれば、一発でわかるわけでしょ？　でも、指揮はどうなんですか？　大学の入試でも二台のピアノの指揮をするだけのようですし」

「与えられた課題曲を、譜面にしたがって、どれだけ正確に指揮するかということに尽きますけどね」

「判定するのは指揮科の教員ですね？」

「ええ、六人で実際の指揮を見ています」

「彼らの合議制で点数が決まるわけですか？」

「合議というか……それほど、判定に差はつかないですよ」

「それで、松崎若菜さんの場合はどうだったんでしょうか？」

後藤はふたたび目を伏せた。「実技は別の部屋でやりますから、タクトをふる姿は見えませんけど、音は聞こえてきます。音だけからすると若菜の場合……完璧な『フィガロの結婚』でした。リズム、響き、タイミング、どれをとっても、九人中最高の出来だったんじゃないかな」

「楽典と聴音の試験はどうだったんでしょうかね？」

「あとで答え合わせしましたけど、彼女、どちらも満点でしたね、ぼくらはせいぜい六十点からよくて七十点。野口と榊原も満点に近かったですけどね」

「話は変わりますけど、加藤麻美さん、ご存じですよね？」

「もちろん、知ってますけど」

「彼女の試験結果はどうでしたか？　実技もふくめて」

「加藤ですかぁ……実技も筆記も、ぼくらよりはよかったのはたしかです。でも、野口と榊原にはかないませんでしたね。ましてや、若菜にはとてもとても」

「でも、それなりによかったのではないですか？」

「まあ、若菜の次が野口、榊原とつづいて、四番手というところかな」

「なるほど……松崎若菜さんは、相当の実力者だったようですね」

「指揮者を目指す場合、最低、ひとつは楽器を完璧にひきこなせる能力がいります。彼女の場合はピアノでしたね。それはもう上手というか、魂がこもっていました。二年生のときのセミナーで、はじめて三鷹音大オーケストラの指揮をさせられるんですけど、ぼくらのときは、チャイコフスキーの『スラブ行進曲』でした。クジ引きで若菜がいちばんになって、彼女が指揮台に立ってタクトをふったんです。第二楽章のいちばん盛り上がったところにくると、彼女はいきなり演奏をストップさせて、バイオリンの奏者のところに歩みよって行くじゃないですか。見ているぼくらが驚きましたよ。若菜の奴、その奏者の楽譜を指して、一音まちがっているって注意したんですよ。ぼくら唖然としましたよ。聞いていてまったくわからなかったし、講師も教授も気づかなかったし。大学生のオケですから、意地悪いんですよ。その奏者はわざとまちがえてやったんです。あとからそのことを聞いて、もう一度びっくりでした。聴音もそんな具合だし、暗譜も抜きんでていました」

「あんぷ？」

「スコアをそらんじるんですよ。高校三年生のセミナーでは、彼女、モーツァルトの『ドン・ジョヴァンニ』やリヒャルト・シュトラウスの『ばらの騎士』を譜面なしで完璧に指揮しました。決して大げさな指揮ではないんですよ。しなやかな指の動きだけで、オケを導いていくという感じですかね。カリスマ的なものを感じましたよ」

「……そんなに優秀だったのか」

「まちがいなく彼女はタクトをふるにふさわしい人間でしたね。大学に入ってアルバイトして、ヨーロッパに留学するといつも言ってました。ブザンソン国際指揮者コンクールの優勝だって、彼女ならできたと思います」

「受験の成績もよかったわけですよね。そんな彼女が、なぜ、三鷹音大を落ちたんでしょうかね？」

「さあ……どうなんでしょうね。ぼくら、試験官じゃないし……」

そのとき、携帯が鳴った。三宅デスクからだった。後藤から離れてオンボタンを押した。

「錦糸町の件、わかったぞ」

「そうですか」

「去年のうちの記者が、このヤマで生安部に取材をかけたときのメモを見てるんだがな。手入れの日を洩らしたのは、墨田署生活安全課の森下宗一巡査部長。見返りに現金十万を受けとったらしい。三カ月の減給処分を受けて依願退職。再就職先はヨカレンの事務局」

「ヨカレン？」

「全日本余暇環境整備連絡会議の略。パチンコホールの組合や台製造メーカーが作ってる団体。専務理事は元警察庁の生活安全部出身で兵庫県警本部長をつとめた元官僚」

「悪さした警官の天下りの手助けか」

「よくあるやつだ」

「ほかは？」

「それだけだ」

「月島会って出てこないですか？」

「月島……おお、あるな……この森下宗一に当てた記者がいてな、そんときのインタビューで『月島会さんのほうにお世話になりました』と書いてあるぞ」

「その月島会ってなんですか？」

「わからん。当てた記者が、『それは生活安全部の支援団体ですね』と聞いているだけだ」

「そうですか……」

「切るぞ」

「ありがとうございました」

岩田も電話を切った。

月島会……そういう組織だったのか。

32

午後八時すぎ。政治部の記者席だけは、アルバイト学生もふくめてひっきりなしに人が出入りしていた。社会部デスク席にいる三宅に、吉祥寺で動きが出そうです、と吹きこんだ。

「高津の居所をつかんだのか？」

「いえいえ、ぜんぜん別」

岩田は、ここだけの話にしてくれと念押しをして、月島会のことを話した。

「……その月島会がこのヤマに関係してるのか？」

「それはこれからです。ウラを取ってから上げます」

そう言うとデスク席から離れた。

新館特命班の部屋には、島岡をのぞいた全員がそろっていた。憮然《ぶぜん》とした相羽《あいば》がペットボトルのお茶を飲み、深沢はウイスキーの水割り缶片手に、お玲の横に張りついてパソコンの画面をのぞきこんでいた。

深沢が岩田をふりかえり、

「後藤と会えましたか？」

と訊いてきた。

「会えた。板橋のほうは？」

「会ってきましたよ、常盤音大の市川隆夫と長野一成」

深沢がトントンと机を叩いたところに、深大寺セミナー参加者名簿があった。深沢も聞き込み先で同じブツを手に入れてきたようだ。お玲は名簿にある名前をネットのデータベースで調べているようだ。

「勝又は来たか？」

岩田が言うと相羽は、

「言われたとおり、資料はぜんぶ渡しました」

とだけ言った。

「いやな奴ですよね、ほんとに」お玲がパソコンから目を離して言った。「はじめて相羽さんと口をきくはずなのに、まるで部下を叱りつけるような言い方なんですよ。一時間も粘っていきました」

「悪かったな」

「もう、いいですよ」と相羽。

「まあ、カッチン、気合い入れ直していこうや」深沢が言った。「キャップ、シマは？」

「今晩は吉祥寺署待機だ。ところで、聞いてもらいたいことができた」

岩田は月島会について説明した。

「月島会というのは、生安部の下請けですか」相羽が言った。「山根も当然、その一員だったわけだし……警視庁の生安部だけですかね？　山根の通夜なんかにも、察庁《サッチョウ》のお偉方がきたんでしょ？」

「そうだったな」

「そうとう、力がありそうですね。吉祥寺署もかなりのところまで汚染されているんじゃありませんか？」

「だろうな」

「その集団に山根は目をつけられていたということか……パチンコ屋を目の敵にしたり、ギャンブル依存症の自助グループの活動に参加したりして」

「かもしれんが、山根自身は武蔵野塾に入って、生安課勤務を熱望していたんだ。月島会にしたところで、もともと、そういう体質があることを承知で入って、生安の刑事を目指していたのはまちがいないと思うんだ」

「でしょうね」

「……ところで、ゼンさん、常盤音大のほうはどうだった？」

「だいたい、松崎律子の言ったとおりのことでしたよ。深大寺セミナーの三羽ガラスにしろ、松崎若菜が自他共に許すトップだったことなんかも、あらかた」

「若菜の実際の受験成績は？　なにか言ってた？」

「ほぼ完璧に近い成績で、トップ合格まちがいなしだったと」

「……落ちた理由は？」

「その肝心なところにくると、ふたりとも、わからない、見当がつかないと言うだけでしたね」

「となると、別の事情で落ちたわけか……」深沢はウイスキーの水割りを口に含んで言った。「いくら受験成績が良くても、どうなんでしょうかね？　私立の音大でしょ？　経済的に苦しい家庭の学生を嫌って落とされたということはないんでしょうかね」

「そりゃないですよ、ゼンさん」相羽が口をはさんだ。「若菜って、ある意味、天才なんでしょ。そんなおいしいタマを私大が逃すはずがないでしょ。彼女が近い将来、名を上げれば、大学にとって宣伝効果は莫大ですよ。それに比べたら学費なんて、ちょろいちょろい。それに彼女は特待生枠に入っていたわけだし」

「となると、ほかに落ちた原因は？」

「やっぱり、不正入試じゃないですか？」

「いや、ゼンさん……そりゃ、何千人も受ける私立文系の学部入試ならわかりますよ。でも、三鷹音大の指揮科は受験したのが九名で、お互いが名前も実力も知った者同士じゃないですか。トップ合格まちがいなしと全員がそろって見ていた若菜が落ちた。おそらく、受けたほかの八人が知らないところで、松崎若菜が落ちた理由があるはずなんだ。しかも、だれしもが納得できる理由が」

「たとえば、どんな？」

「寄付じゃないですかねえ」相羽が当たり前というふうに言った。「私大ですよ。いちばん弱いのは大口の寄付でしょ」

「そんな見えすいたことすりゃ、一発でわかっちまうだろ。受験科目の中で決定的なミスがあったとかさ……お玲、おまえ、なに調べてるんだ？」

お玲は深大寺セミナーの参加者の一覧表を指さし、

「保護者を調べてるんです」

と答えた。

「そうじゃない、こっち」

深沢が指したパソコンの画面には、白熊が氷を割って、水の中に飛びこむアニメーションが映しだされていた。

画面のトップには〝白熊物語〟とある。

「お玲、おまえパチンコするのか？」

深沢が言うとお玲はふたたび、深大寺セミナーの参加者の一覧表を指さし、

「加藤麻美の父親を調べてるんです」

と少しばかりうるさそうに答えた。

お玲には白熊物語のしの字も伝えていない。それがどうして、この画面を開いたのか。

「お玲、これパチンコの白熊物語だろ？　どうやって、出した？」

「ですから、父親がこの会社の常務をしているんですよ。これです」

お玲がマウスを動かすと、画面が切りかわり、名簿のようなものがモニターに映しだされてた。

〝(株) ホライゾン役員名簿〟

とある。会長からはじまって監査役までぜんぶで十二名。下から四人目に加藤将光《まさみつ》の名前があった。加藤麻美の父親だ。

「ホライゾンって、あのゲームの？」

相羽が訊くと、お玲はうなずいて別のウインドウにホライゾンのHPを呼びこんだ。絵や漫画をたくさん使ったHPだ。家庭用ゲームをはじめとして、アミューズメント施設まで手広く手がけている東京株式市場二部上場の大手企業。

岩田も名前は聞いたことがある。売り上げは一千億円単位の優良企業のはずだ。

加藤将光はその会社の常務取締役。

松崎律子が言う資産家というのはこれか。我が子が希望する大学に入れてやりたいと思うのはどこの親でも同じのはず。しかし、こうして堂々と名前の出ている公人が裏から手を回すようなことをするだろうか。たとえば、多額の寄付などを通じて自分の子を合格させるように圧力をかける。……いや、それこそ、深沢が言うように、あまりに見えすいている。

「お玲、白熊物語もこの会社の製品だな？」

「たぶん、そう思いますけど……」

お玲はマウスをあやつり、別の画面を読みこんだ。

有価証券取引報告書、二年前のものだ。

〝東洋テック〟。特定用途向け半導体製造販売を主業務とする、とある。

役員のページに専務取締役として、加藤将光の名前があった。

「こっちの会社にも勤めてるんでしょうかね……東洋テック……この会社の株、大化けしたような覚えがあるんだけどなあ……ちょっと待ってくれませんか」

言いながら、お玲は電話に手をのばし、受話器を取りあげて内線を回した。

「北島さんいらっしゃいますか？」

経済部の記者が相手のようだ。

岩田は席を立ち、すぐもどるからと言って部屋を出た。

編集局のど真ん中にある六角机のまわりで、立ち会いがはじまったところだった。十六人の当番デスクが立ったまま顔をそろえる会議だ。降版直前の仮刷りを見ながらの会議だから、十五分もあれば決着する。

「おーい、一面、変更変更」

すぐわきの政治部記者席から勝又が現れた。仮刷りの束を手に、岩田の前を通りすぎようとしている。岩田は勝又の手から仮刷りの一枚をかすめとった。勝又は一瞬、岩田に目をむけたが、それどころではないといった感じで、輪の中に駆けこんでいった。

一面の肩にある見出しが目に入った。身体が硬くなった。

〈ゴールドコム社から宮瀬側にリベート〉

宮瀬茂信と末永秀男の写真付き。

……信頼すべき情報筋によると、ゴールドコム社は取引銀行の変更にともない、自社株の引き取り額に上乗せした一億円を宮瀬側に流した疑惑が浮上した……。

きちんと裏づけされた中身が、事件の全容を暴き出している。本当はこれが朝刊に載るはずだったのだ……。

岩田は仮刷りをゴミ箱に丸めて投げ捨て、フロアを見わたした。

編集委員の服部純夫《はっとりすみお》が枯れ木のように突っ立ち、立ち会いをながめていた。歩みよると岩田に気づいて、服部は椅子に腰をおちつけた。

今年還暦を迎えた服部は教育関係のオーソリティだ。ふだんなら公務員なみの九時五時の生活だが、今日のような動きがあると、高みの見物を決めこむのが常だ。

「派手にやってるなあ」

服部は他人事《ひとごと》のように、立ち会いを見ながら言った。

「そうみたいですね」

「イワちゃんの班のネタじゃない？　どうして勝又なんかに持ってかれるんだい？」

「まあ、いろいろと」

「ベルリンの連中？」

「………」

「しかし、大変だね、イワちゃん、お察しするよ。ところで、なにか用？」

「大学のことです。ちょっとアドバイスいただけないかと思いまして」

「なに？　言ってごらんよ」

「三鷹音大です」

「おうおう。あそこがどうした」

「これまで、三鷹音大の入学試験で、不正入試疑惑が持ち上がったことはありましたか？」

「三鷹音大の不正入試ねえ。残念だけど、これっぽっちもないなあ。どうかしたの？　三鷹音大」

「ちょっと、きな臭いのがあったものですから」

「どんな内容？」

岩田は松崎若菜の一件を話した。

「その話、本当？」

「まちがいありません」

「理事長、知ってるけどね、吉見《よしみ》さんていうんだけど、チューバかなんかを演奏する人でね。清廉潔白を絵に描いたような人だよ。大学の経理にもくわしいはずだけどな。まあ三鷹音大に限らず、近頃の私立音大の入試は、口利きが入りこむ余地がなくてね。実力一辺倒なんだよ」

「それでも、彼女は落ちてしまった。なにか思い当たることはありますか？」

「その四番手の加藤麻美という子の父親が寄付金をはずんだってこと？」

「おそらく」

「きいてあげようか？　その方面、くわしいのが知りあいにいるから」そう言い、服部は受話器をとりあげて、プッシュボタンを押した。「この時間でいるかなあ……あ、坂本さん、おれおれ、ちょっといいかなぁ……」

その場で、岩田は電話が終わるのを待った。

話が終わり、受話器をおいた服部は岩田を見上げた。

「明日、調べてみるって」

「助かります」

「なにかわかったら、イワちゃんの携帯に電話するから」

いだろうなあ」

「ね、イワちゃん、かりに寄付金もないとするとさ、その子が落ちた理由はひとつしかな

「と言いますと……」

「その子自身に問題があるんだよ」

「問題？」

「とても大学には入れてもらえない特殊な事情があるんじゃないかな」

「彼女の家が、金銭的な余裕がないということですか？」

「そんなことじゃなくてさ、その若菜という子の、個人に関わる問題」

「個人……」

「ぼくもよくわからないけどさ、なにか、生活態度とかに問題があるんじゃないの？　その子に。それは岩田さんのほうがくわしいんじゃない？」

もしかして、それは山根との交友？　それを大学側が知ったということ？　しかし、受験で大学側が私生活まで踏みこんだ調べをするはずがない。残されたものは、告げ口……あるいは密告。しかし、大学側がかりにふたりの付き合いを察知したとしても、それを理由に落とすようなことはあるだろうか。若菜が妊娠でもしているなら別だろうが。

部屋にもどると、お玲が岩田に言った。

「お願いします」

「キャップ、わかりました。東洋テック、わたしが兜町《かぶと》にいた二年前の秋、東洋テックの株価が倍以上に上がったんです。東洋テックは専用LSIの製造メーカーですけど、当時、作っていた製品が爆発的に売れて、それがホライゾンの目にとまったということです。でも、もともと東洋テックは財務体質が弱かったそうなんですね。一方のホライゾン側もLSI製造部門を自前で持ちたかった。それでお互いの利益が一致して、東洋テックはホライゾンに合併吸収されました。株が上がったのはその直後ですね」

「東洋テックの売り上げはどれくらい？」

「三百億円弱。ホライゾンは三千五百億円」

「月とすっぽんじゃないか」

「だから、すんなり買収できたんですよ」

「加藤将光は東洋テックの専務取締だったんだろ？　それがガリバーみたいな親会社の傘下に入って、加藤はそのままホライゾンの常務取締役に就任した、ということ？」

「よほどうまく立ち回ったということになるな」と深沢。

「合併のときの旗振り役だったんじゃないですか」相羽が口をはさんだ。「もしくは、合併話そのものを持ちこんできた張本人」

　お玲がうなずいた。

「東洋テックの主力製品はなに？」

岩田が訊くとお玲が主要製品一覧を表示させた。

白熊物語専用のＬＳＩがあった。

……これではないか。

「パーラーダイヤは全台、白熊物語だったな？」

岩田が言うと、深沢が、「そのようでしたね」と答えた。

松崎若菜が落ちてできた合格枠の残りひとつに、加藤麻美がはまりこんだ。麻美の父親は白熊物語の心臓部分を作るメーカーの重役だった。パチンコ業界の中心に近いところにいた人物だ。月島会に食いこんでいたかもしれない。

一方の山根は、白熊物語の入っていたパーラーダイヤを目の敵にしていた。

山根の狙いはなんだったのか。

加藤将光の働きかけにより不正入試があったと仮定してみる。その犠牲者は自殺した松崎若菜だ。山根は若菜の自殺を知り、ひどく悼《いた》んだ。若菜の自殺は不正入試が原因であることを山根は承知していた。その不正入試に加藤将光がからんでいることも知っていた、山根は松崎若菜の無念を晴らすために、加藤が関係するパーラーダイヤへ圧力をかけたと考えたらどうだろう。

それだけではないかもしれない。山根はもっと別のことを考えていたのではないか。たとえば、不正入試の告発というような……。

わからないのは、それに月島会がどのように関わっているかだ。加藤将光は自分の娘を三鷹音大に入学させたかった。おりしも、深大寺セミナーでは、合格枠の三羽ガラスの次点となる四番手につけていた。三羽ガラスのうち、ひとりが落ちれば、自分の娘が合格できる。彼女はトップクラスの実力だから、若菜が落ちれば確実に加藤麻美は合格できる。しかし、三鷹音大は実力主義だから、寄付金をいくら積んでも合格は望めない。それに松崎若菜の実力が抜きんでていたことは、深大寺セミナーの参加者全員が認めている。しかも、入試はオープンに行われるから、不正が介在する余地はない。理事長もコネで動くような人物ではなさそうだし、試験官たちも若菜を特待生として推薦していた。若菜の実力は抜きんでており、そのことはだれしもが認めていた。三鷹音大は諸手《もろて》をあげて若菜を歓迎していたのだ。

しかし、松崎若菜は落ちた。

不正入試があったとして、そのコアな部分に、月島会がからんでいるとしたらどうだろう。山根は不正入試のカラクリを知っていて、月島会に反発したと考えるのが自然ではないか。

月島会に属していた山根は、会の方針にそむくなと言われていた。それは表面上、山根がパーラーダイヤに的を絞って取り締まりをしていたことに対する警告のようにもとれる。巷《ちまた》ではパーラーダイヤを脅して金をせしめていた、などとまことしやかな噂が流れた。しかし、それらはすべて山根が死んだあとになって、月島会がでっちあげたのではないか。月島会はどんな形で不正入試にからんだのか。

「キャップ、三鷹音大、どうしますか」深沢が言った。「加藤麻美に当たってみますか?」

「明日、訪ねてみる」

「お玲、おまえお供しろよ。ピアノ弾けるのはおまえだけだし」

相羽が口をはさんだ。

お玲はキーボードを叩きながら、

「わたしでよければ」

「いや、お玲は加藤将光を洗ってみてくれ。パチンコ業界を通じて、警察とどこかでつながっているはずだ」

「おやすいご用です。徹夜してでも」

ふたたび、お玲はデータベースの検索をはじめた。

「ほかは吉祥寺だ。パーラーダイヤを探れ。気合い入れてかかるぞ、カッチン」

「おう」

33

自宅に帰り着いたのは午前零時を回っていた。玄関から上がり、忍び足で翔太の部屋の前でとまった。中にいる気配はするがゲームの音はしていない。

洗面所で洗濯物をたたんでいた奈津子が岩田をふりかえり、目をつり上げて言った。

「驚かさないでよ、ものも言わずに帰ってくるんだもの」

「静かだな……」

「あちこちであなたの名前出るから、テレビつけてないの。ワイドショーなんか、あなたの経歴まで話すんだもん。どこから聞きこんだのかしら」

「同じ業界だから、叩きたいんだ。いちいち気にするな。翔太、今日、学校に行ったんだろ？」

「午後になったら、急に帰るって言い出して、いなくなっちゃったらしいの。先生から『お子さん、帰宅されてませんか』って電話が来て、びっくり」

「翔太はどうした？」

「七時頃帰ってきたわ。どこに行ってたの、って聞いたんだけどなにも言わないし。お金も少ししか持ってないのにね」

「そうか……」

「明日、無理やり行かせるのもどうかな、どう思う？」

「どうってなにが？」

「学校の先生はね、いじめとかがあったら、遠慮なく申し出てくれって言うの」

「いじめられてたのか？」

「知らないわよ」

「でもさ、せっかく、保健室でも学校へ行きかけたんだから。ここでまた家に閉じこもってしまうのは、よくないと思うぞ」

「そうかな……」

「とにかく、明日は車で送ってやってくれないかな。おれのほうは、ちょっと朝から動きまわらないといけないし」

翔太の部屋の前に立った。軽くノックし、

「ショウ君、入っていい？」

「うん」

中から声がしたので、岩田はそっとドアを開けて入った。

翔太はベッドの上でうつぶせになり、パジャマ姿のまま漫画を読んでいた。

「ショウ君……今日、学校どうだった？」

「どうって」

「教室へ行ってみた？」

「行かない」

「保健室でも勉強、見てくれるんだろ」

「先生？　来ないよ」

「そうか、ま、そうだよな、明日もその調子で行こうよ」

翔太は漫画を放りだし、首を曲げて岩田をふりかえった。

「ねえ、とうさん……」

岩田はベッドに手をかけて、翔太のわきにすわった。

「うん、なに？」

「なにか、悪いことしたの？」

「……テレビで見たのか？　とうさんのこと？」

翔太が心配げな顔でうなずいたので、岩田はふっと気持ちが和《なご》んだ。学校にさえ行けなくなった翔太が、この自分のことを気にかけている……。

「新聞にも出てるし」

「とうさんが悪いことするように見える？」

「ううん」

「だろ、ショウ君は心配しなくていいよ。たまたま、昔、取材した人が事件を起こしただけのことだから」

「ほんと？」

「まちがったこと、言うわけないだろ、な、翔太」

「うん、わかった」

晴れ晴れとした顔で翔太はベッドに横たわると、毛布をかぶった。

「明日も学校に行こうな」

つい、口が滑ってしまった。

どこか、救われたような気分で、蛍光灯の明かりを消して居間にもどった。

キッチンで奈津子がクリームシチューの入った鍋のコンロに火をつけたところだった。

テーブルに置かれた缶ビールに手をかけたとき、携帯が鳴った。

とると、島岡の声が響いた。

「キャップ、出ました、高津が」

「出た？　どこへ」

「一時間前、小金井公園の近くの農家の廃屋《はいおく》で心肺停止状態で見つかりました」

「心肺停止？」

「使用済みの注射器が見つかったそうです。くわしいことはわかりません。救急車で病院にむかっています」

「どこの」

「小平中央病院。知ってますか？」

「調べるからいい。すぐ行く。ほかの連中には伝えなくていい」

「でも」

「おまえも病院へ回れ。サツから聞けるだけ聞き出しておけ。着いたら携帯に電話する」

「わかりました。それじゃ、お願いします」

覚醒剤を打ちすぎて、急性中毒症状を起こしたのか。刑務所に入所している間、高津は覚醒剤から遠ざかっていた。出所していきなり覚醒剤を使ったために、一気に意識を失うという事態に陥ってしまったのか。それは、警官殺しのストレスからきたものなのか。

34

小平中央病院の正面玄関前には、四、五名の警官が立ちふさがり、報道陣と押し問答になっていた。建物はビルひとつしかなく、さほど、大きな病院ではないようだ。タクシーを乗り捨てる。玄関前は、ときならぬ嵐のような感じだった。唐木の班の記者にまじって、島岡の白マスク姿を見つけた。

「話せ」

岩田が命令すると、島岡は頬を紅潮させてしゃべりだした。

「見つかったのは小金井公園北にある農家の廃屋です」

「それは聞いた」

「ふだんは車のない場所に、車が停まっていて、不審に思った近所の人が吉祥寺署の捜査本部に通報したということです。本部の捜査員が急行して車を調べた結果、高津が逃走に使った白のホンダアコード、ナンバーも一致したそうです」

「それは聞いた」

「例のラブホテルからの距離は？」

「直線距離で三キロほどだそうです」

そんなちかくにいたのか……。

小金井公園のまわりは古い農家が多い。空き家や廃屋になったまま放置されている家もある。高津は昨日の未明、岩田に電話をくれた直後、車でラブホテルを出た。まだ日の明けきらないうちに廃屋を見つけて入りこんだのだろう。

高津はなぜ、岩田がホテルに着く前に逃げだしたのか。

出所直後、立川で会ったという〝せせらぎ会〟の人間はなぜ、高津の世話もしないで、すぐ別れてしまったのか。後日、会う約束でもしたのか。それで高津は安心して、携帯や覚醒剤を売人から買った。覚醒剤の売買については、府中刑務所に服役中に、くわしい人間から聞いたのかもしれない。出所直後だから、ある程度の金はあったはずだ。せせらぎ会の人間が与えたかもしれない。覚醒剤を手に入れてから、高津は井の頭公園に入った。そこで覚醒剤を打ち、犯行に及んだ……そういうことなのか。

しかし、せせらぎ会の人間はなぜ、名乗りでない？　高津が人を殺《あや》めてしまったからか。受刑者の社会復帰を支援する団体なのだから、出所した当日に会っただけで、宿の世話もしないで突き放してしまうのは無責任すぎる。

昨日の未明に当の高津から聞いたことがよみがえった。

『どうしても、あいつ、殺《や》らないといけなかったからさあ』

高津が山根に対して、個人的な恨みがあったとしたらどうなる？

「おまえはここにいろ。ちょっと、様子を見てくる」

「どこ行くんですか？　キャップ」

「いいから、そこにいろ」

岩田は人が見ていないのを確認して、病院の塀際によった。塀づたいに歩いて、病院の横手から裏へ回った。職員専用駐車場があり、職員通用口があった。そこにも警官がひとり、立番していた。三十前後の若い警官だ。通用口から中に入ろうとすると、その警官にとめられた。

「すみません、いま、こちらから入れませんので、表に回ってもらえます？」

「あれ、困るなあ、家内がお産なんですよぉ。たったいま、陣痛が来たって連絡が入って、表は人が多くてとても入れませんよ」

せかせかした口調で言うと、警官は身を引いて通してくれた。

コの字型に曲がった通路を歩くと広い廊下に出た。壁に貼られた施設案内図によれば、一階が救急病棟になっており、二階がＩＣＵと外科病棟だ。

階段で二階に上がった。ＩＣＵのナースステーションの前に、ずらりと警官の制服が固まっていた。

岩田が近づくと、その中のひとりが岩田をふりむいた。顔に絆創膏《ばんそうこう》を貼っている。吉祥寺署生活安全課の小林という刑事だ。

「あんた、どうやって入ったの？」

小林が進み出てきて、岩田の前に立ちふさがった。

「高津の容態はどうですか？」

「あんた、わかんねえのかな、立ち入り禁止になってるだろ。さあ、帰った帰った」

肩を押されて、その場で押し返された。

「お願いしますよ、容態だけでも教えてもらえませんか」

「だめだめ、行って行って」

ここで引き下がれない。高津の顔を拝みたかった。

本人と会って、その口から出る言葉を聞きたかった。訊きたいことが山ほどある。死んでしまってはなにもわからない。

警官の中に、吉祥寺署副署長の菊地がいた。渋い顔をして歩みよってきた。

岩田は両手を合わせて、菊地の顔を拝んだ。

「意識はあるんでしょ？　たった一目でいいです、どうか、大目に見てやってくださいよ……菊地さん」

「君っていうのはまったく……会ったってなにもわからんよ。昏睡状態なんだからさ、面会謝絶だよ」

押しても引いてもだめだ。苛々《いらいら》してきたところに、救いの神が通りかかった。

その顔を見つけて、岩田は声を上げた。

「奥寺管理官っ」

呼ぶと、奥寺は近づいてきた。

「後生です。お願いできませんか？」岩田は深々と頭を下げた。「お手間とらせません、ひと目、ひと目だけでいいんです。どうか、このとおり」

平にお辞儀をする。

「弱ったなあ」

「シャブの打ちすぎと聞きましたが、そうですか？」

「血液から半端じゃない覚醒剤反応が出ている。急性中毒だな。病院にくる途中の救急車で息を吹き返したが、まだ弱い」

「管理官、そこをこのとおり」

「ほんとに、強引なんだからさ、君って、いつも……」

横から口をはさんでくる菊地に、奥寺は、

「まあ、いいじゃないですか、今回は」

と押しの強い声で言い返した。

「じゃあ、一目だけだぞ」と菊地は折れた。「ちょっと待って、医者に訊いてみるから……そこ動かないでよ」

菊地がナースステーションに入っていくのを見届ける。

しばらくしてふたたび、菊地は姿を見せた。地域課の梅本が胡散臭《うさんくさ》そうに菊地のあとをついて出てきた。

「じゃあ、いい？　ひと目だよ、ひと目、見たらすぐ出てってよ」

「もちろんです。恩に着ます」

「こっち」

菊地に腕を引かれて、警官たちの間を割って入っていく。

ドアを開けると真っ白なベッドに坊主頭の人間が横たわっていた。

酸素マスクを口にかけたまま、生命維持装置から延びるチューブが身体のあちこちに回されている。蛍光灯の青い明かりに照らされた顔が見えた。

狭い額に浮き出た細かな横皺《よこじわ》が年よりも老けさせていた。平たい口はほとんど動かず、シーツに覆われた細い身体は動く気配がなかった。

これがあの高津？

まるで他人を見ているようだ。

顔を近づけてみると、かすかに息を継ぐ音が聞こえた。

「おい」

と岩田は呼びかけてみたが、反応はなかった。

「岩田だ、高津君、来たぞ、東邦の岩田だ」

そのとき、紙のように蒼白だった高津の顔の筋肉がぴくぴくとふるえた。

まぶたがわずかに開いたかと思うと、白目がゆっくりと動いて、岩田の顔に視線がむけられた。

岩田は高津の顔すれすれまで近づけた。

うしろで制止する声が聞こえ、肩をつかまれた。しかし、岩田はその場にしがみついて離れなかった。

「わかるか、高津、おれだ、岩田だ、わかるな……？」

呼びかけると高津の口がわずかに開くのがわかった。

岩田はそっとマスクをずらした。

「だいじょうぶか？　苦しくないか？」

「あ……あ……」

蚊の羽音のような弱々しい声だが、どうにか聞きとれた。

シーツの中から手が伸びてきて、岩田の顔の前に現れた。それをつかんでやると、高津の目にいっとき、強い光が宿った。

「おい、岩田、どけっ」

背後から人の手が伸びてきたが、それをふりきった。

「高津、死ぬなよ、死んじゃいかんぞ、いいか、ずっと、おまえの側《そば》にいてやる。安心しろ、いいな、高津、わかるな」

岩田は得体の知れないものが身内からあふれ出ていた。悔しさと哀れみのまじったものが喉元《のどもと》までこみあげてきた。

「なあ、高津、せせらぎ会の人と会ったんだろ？」

「い……いわた……さん、あの……さ」そこまで言葉をふりしぼると、高津は茶色く濁った黒目を岩田の背後にいる警官たちに当てた。「あの……おれ……やられた……りくどうのつじ……追われた人……」

高津の目が、なにかを訴えかけていた。握りしめた高津の手が細かくふるえて、言葉にならないものが伝わってきた。

そのとき、ふいに岩田の脳裏にその光景がよぎった。

岩田は高津の耳元に顔を近づけ、まわりに聞こえないほどの声で、

「山根に恨みがあったか？」

とささやきかけた。

高津の目の色が変わり、ねえさんに、とつぶやくと、口を閉じた。

岩田は高津の目をのぞきこんだ。

秀美さんになにかあったのか？

岩田の心中を見透かしたみたいに、高津の口が動いた。

じっと、その声にならない唇の動きを読んだ。

す……と……。

——そうだったのか……。

残った力を目だけに集中するかのように、かっと見開いたかと思うと、高津の目が静かに閉じた。高津の手から力が失われて、するりと下に落ちた。

岩田のうしろから手が伸びてきて、無理やり離された。

部屋から追い出された。入れ替わるように、医師が病室に駆けこんでいった。

私服の刑事に囲まれて、エレベーターにむりやり乗せられた。

一階に下りた。前後左右をかためられ、通用口までつれていかれた。刑事がドアを開き、岩田は外へ追い出された。

うしろ髪を引かれる思いで、塀づたいに表玄関にもどった。

唐木が目ざとく岩田を見つけて歩みよってきた。

「岩田さん、どこへ雲隠れしてたんですか？」

「用足しだ」

岩田はそう言って唐木から離れた。

岩田の耳元で、高津が言った言葉が渦巻いていた。

『あの……おれ……やられた……りくどうのつじ……追われた人……』

冷や汗がわきの下から流れていた。高津本人の口から聞かされたことが信じられなかった。

高校二年生の夏休み、高津が日向山公園に他校の生徒を呼びつけて喧嘩したときのことだ。騒ぎを聞きつけてやってきた警官たちに追われて、逃げこんだのが宮沢の辻。六つの道が交差することから、地元では〝六道《りくどう》の辻〟と呼ばれている辻だ。そして警官たちに捕まり、高津は激しい暴力を浴びた。

高津はこう言いたかった。

〈せせらぎ会の人間は警官だった……と〉

〝せせらぎ会〟を〝月島会〟と置き換えれば、辻褄《つじつま》が合うではないか。

山根を殺害した現場となった井の頭公園の現場に、高津はもしかして誘導されて行ったとしたら……。

すべて警官たちのなせる業《わざ》だ。

岩田はそのことに考えが及んで、背筋に冷たいものが走った。

山根を殺す直前、高津はこの自分に犯行を予告する電話をかけてきた。あのときの電話は、高津の意思によるものではなかった。月島会の人間にそそのかされたのではないか……。

35

午前八時に吉祥寺署講堂ではじまった記者会見は、十五分たっても終わる気配がなかった。ずらりと並んだ吉祥寺署の警官たちの顔が昨夜会った者とはまるで別人のように見えた。

「……ですから、高津の死亡が確認されたのは午前二時半。まもなく司法解剖の予定です」

「死因は覚醒剤による急性中毒ということですが、どれくらい高津は打ってたんですか？」

記者のひとりがまた蒸しかえした。

「致死量に達する量が検出されたということだけです。正式な死因は解剖結果を待つしかありません」

菊地がうんざりした顔で答えた。

「山根さんを殺害したときも高津は覚醒剤を使っていたんですか?」

「さきほどご説明したとおり、使っていたと推量されます。ほかにご質問がなければ、これで終わりにしたいと……」

「ちょっと待ってくださいよ。それだけの覚醒剤を買う金を高津は持っていたんですか? 高津はどうして吉祥寺に来たんですか?」

「いまの時点でお答えできかねます」

「殉職した山根さんは、パチンコ店に入りびたって、強請《ゆす》りのようなことをしていたというのは本当ですか?」

「えーと、いま現在、情報が輻輳《ふくそう》しておりまして、説明ができかねる面もございますが、今後の捜査を待ちまして事実の解明に当たりたいと考えております。では、記者会見は以上をもちまして終わります」

「ちょっと、待ってくださいよ。高津が出所したときの精神状態はどうだったかと質問しましたが、答えをもらってないですがぁ」

「それについても、調査中です。覚醒剤を使っていたという事実関係が判明しているのみでありまして、高津の精神状態云々につきましては、今後、府中刑務所から事情を聴取するということになろうかと思います」

「わからない、わからないじゃ、こっちこそどう報道すりゃいいのか、困るんですけどね。現状、わかっている範囲でかまわないですから、包みかくさず発表してもらえませんかね？　もう、犯人も見つかったことだし、いいんじゃないですか？」

菊地の困惑ぶりに署長の大塚が口を開いた。「現行法制度上での義務は果たしていると考えてもいいのではないかと考えております。今後は今回のような事案を前例としまして、関係各機関が密に連携し、二度とこのような事件が起きないようにしてまいりますことが、被害者に対するなによりの供養になると考えております。以上で、記者会見を終わります」

納得できない記者たちが席を立ち、幹部につめよるのを見つめた。岩田は講堂を出ていった奥寺の硬い表情を見送った。

壁際にいた唐木が歩みよってきた。

「やけに、お静かですね、みなさん」

「おまえこそどうした？　ふたつみっつ、噛《か》みつかんことにゃ、おさまらんのじゃないか？」

「岩田さん、ゆうべ、病院で高津と面会したって本当ですか？」

「せめて末期《まつご》の水でもと思っただけだ」

「よく、サツの連中、会わせてくれたもんだな……」

島岡が間に入ってきた。「唐木さん、あんた、詫《わ》びの一言もないんですか?」

「詫び? なんのことだ」

「人のネタくすねて、よく平気でいられるな、あんた」

「おいおい、人聞きの悪いことを言うもんじゃないぞ。ねえ、岩田さん、こっちとは共同戦線張ろうってことになってましたよね?」

「いいか、唐木、ネタ書くときはよくよく確かめてからにしろよ。一歩まちがうと、人権問題で首根っこ掻《か》かれるぞ」

唐木を無視して出ていく部下たちのあとについて、岩田も講堂から出た。

「今日の夕刊、どうする気です?」唐木が追いかけてくる。「まだ当てきれてないでしょ? まかせてもらっていいんですね?」

「おう、好きなだけ書け」

36

岩田がハイヤーの運転席におさまると、島岡が助手席に乗りこんできた。同時に後部ドアが開き、相羽と深沢とお玲が入ってきた。ここは、モータープールの二階で、他社の記者はいない。ハイヤーの運転手は終夜営業のファミレスで待機してもらっている。

ドアが閉じられると、岩田は身体を横にむけて、話しだした。

せせらぎ会の人間が警官だった可能性のあることを話すと、車の中の空気が一瞬、氷漬けになったように冷えた。

口を開いたのは相羽だった。

「刑務所から出所した高津を迎えたのは、月島会の警官だったわけですね？」

「おそらく」

「警官が誘導していたなら、高津がずっと捕まらないでいた理由もわかります。月島会の警官というのはやはり……」

「このヤマがはじまって出会った警官たちの中の幾人かは、該当すると思う」

「副署長や署長？」

深沢が口をはさんだ。

「特定はできないが、病院で高津の病室を固めていた警官は該当するかもしれない。上げてみると、菊地、梅本、小林、ほかにも吉祥寺署の生活安全課の警官がふたりほどいた。そっちは名前を知らないが」

「覚醒剤を与えたのも警官？」

「与えたかもしれない」

「高津が打ちすぎて命が危うくなるのをだまって見ていた？」

「もっと積極的に関わっていたと見るほうが自然なような気がする」

「殺したのか……」

「カッチン、キャップの言ったことが正しいとすれば、それだけじゃないと思うぞ」深沢が言った。「高津は私服の警官に井の頭公園のあの現場まで誘導されたと仮定したらどうなる？　高津は制服姿の警官にからまれると、前後の見境がつかなくなるような人間だぞ。ナイフを持たされ、覚醒剤も入って、完全にてんぱっている。そんな人間を自分たちと同じ組織で働く警官の前に差しだすか？　百歩譲って、あの場で鉢合わせさせたとして、高津に殺されるのをだまって見ている道理があるか？」

「山根は殺されるべくして殺されたと？」島岡が息苦しそうにつぶやいた。

岩田は四人の顔を見やった。「高津は病院でおれに、『山根はストーカー』と洩らした」

「ストーカー？　相手はだれです？」

「高津秀美」

「高津の姉さんか……」

「ここに来る前、秀美さんに電話で確認したが、山根など会ったこともないし、ストーカーにからまれてもいないと断言した」

「キャップは……」相羽が言った。「月島会の連中が、高津省吾に姉をつけ回す警官がいると嘘をついたというんですか」

「そう見るのが自然だ」

月島会は山根を生かしておくことはできなかった。

お玲が遠慮がちに口を開いた。「高津は最初から利用されたということですか？」

「そう考えるとすべてのことに納得がいく」

岩田は部下の顔を見ながら自問した。山根は殺されるべくして殺された。その理由がわかれば、すべての答えが見つかる。そして、その手がかりになるものを自分たちは握っているかもしれないのだ。殺人衝動は、カモフラージュにすぎなかった。

「キャップ、例のヨカレンについて調べてみました」

とお玲が一枚の紙を差しだした。

〈全日本余暇環境整備連絡会議　役員一覧〉

パチンコ台製造メーカーの集まりらしいが、パチンコホールや電機メーカーの関係者もいる。警察庁と警視庁からも、ひとりずつ名前が出ている。その中段に、
東洋テック専務取締役　　加藤将光
の名前があった。

「この連絡会議はパチンコとスロットの部会に分かれていて、加藤将光は、パチンコ部会

の座長をしています。それだけじゃありません。メンバーには、パーラーダイヤの会長が名を連ねているんです」

「ほう……出てきたか。で、会議の目的はなんだ？」

「新しいパチンコ台を作って販売するためには、警察庁直属の機関の認可が要ります。この連絡会議は、その機関に対して、新しいパチンコ台を申請するための組織です。事実上、この会議で了承を得たものが認可される仕組みですね」

「じゃ、白熊物語も？」

「はい、この会議で了承された結果、認可が下りています」

「業界の利益にかなう台にお墨付きを与える組織ということか……で、ゼンさん、パーラーダイヤのほうはどうだった？」

「パーラーダイヤに勤めていた元従業員を見つけましてね。話が聞けました。殺された山根巡査は、吉祥寺のパーラーダイヤに目をつけて、禁止されている裏ロムの摘発をしていたじゃないですか。パーラーダイヤの支配人は困り果てて、会社の上層部を通じて……たぶん、お玲の言った会長あたりを使って吉祥寺署の生活安全課に相談をかけたようなんですよ」

「取り締まる側に泣きついたってこと？」

「ええ。結果的に吉祥寺署はそれを受け入れたみたいなんです。ずいぶん前から、出玉がおかしいっていう一般からの苦情も握りつぶしていたようですし」

「例の月島会が間に入ってとりもったわけだな？」

「と思います。月島会の命令なら、吉祥寺署の生活安全課ものむしかなかったんでしょう。白熊物語を作っているホライゾン側からも、同様の申し入れがあったということですからね。なにせ、じゃんじゃん白熊物語をおさめていましたから。とにかく、加藤将光は警察とパチンコ業界をつなぐキーマンですよ」

「その月島会の方針にさからうような真似をしていた山根は、煙たい存在だったわけだ」

「ですね。ほかも当たってみますか？」

「いや、いい。これで十分だ。あとは加藤将光に当たればすむ……どう思う？　みんなは？」

四人の顔から疑問の色は消えていた。

「これ、加藤将光の住所です。経済部の記者が去年、本人の自宅でインタビューをしています」

お玲からメモを渡された。世田谷の成城だ。

「これ以上、高津の線を追っても意味がない」相羽が言う。「山根が殺された理由をつかまないことには……」

「それだけじゃだめだ」深沢がつけ足す。「本当に警官らによる仕業なのかどうかを立証しなくちゃならない。そっちはどうなんですか？　キャップ」

「これまでの取材で撮った警官の写真あるな？」

「たまってますよ」

　相羽が答える。

「おれもある。シマ、顔のよく写っている写真をコンビニで印刷してくれないか」

「了解」

「それを持って、月島会の連中から、高津が飲み食いさせられた店を探し出すしかない」

岩田が言った。「場所を限定していい。ラブホテルから井の頭公園にむかう途中の道路にある店、それから井の頭公園の殺害現場から半径五百メートルにしぼってくれ」

「池に鯉が泳いでいて、天ぷらと豆腐を食べられる店ですね？」島岡がつけ加える。

「地道な地取りになるかもしれないが、尻尾《しっぽ》をつかむにはそれしかない。いいか、現場から近いところから順につぶしていけよ。おれは三鷹音大に行く。三羽ガラスの野口文人と榊原宏隆に会って裏をとりたい」

「加藤麻美は？」と深沢。

「当たってみるほうがいいんじゃないですか」島岡が言った。「顔色を見れば判断はつくと思いますけど」

「……そのとき次第だ。あとは正攻法で行く。いよいよとなったら、三鷹音大の理事長に当てる」

「そこまで?」ふたたび島岡が言う。

「編集委員の服部さんから電話をもらった。少なくとも、ここ数年、三鷹音大は入試で裏口入学も含めて、悪い噂はひとつも立っていないということだ。寄付金も、すべて個人と卒業生からのもので、去年度の受験生の親からはゼロだそうだ」

「……攻め甲斐がありそうですね。じゃ、すぐ地取りにかかります」

「頼む。社からハイヤーを呼べ。それから、シマ、おまえは山根の殺された当日の勤務日程が変更になった理由を当たってくれないか。これは交番の巡査に直接当たってもいいと思う。おそらく、そこまで汚染されていないはずだ。聞き方次第だ。おまえにまかせる」

「了解」

「目標は明日の朝刊だ」

37

岩田は吉祥寺通りを南にむかってハイヤーを走らせていた。午前九時半。三宅には、会見の模様を大ざっぱに報告し、三鷹音大へ聞き込みに回るとだけ伝えた。

中央高速と並行してしばらく走ると、住宅街の中に瀟洒《しょうしゃ》な壁がつづいた。内側に三鷹音大の建物が点在している。ハイヤーを客用の駐車場に停めさせて、キャンパスに足を踏みいれる。

十時ちょうどに、野口文人と二号館の前で会うと約束している。

背のすらりとした若い男が岩田を見て近づいてきた。写真にあった顔だ。

「野口さん？」

岩田が声をかけると、男は黒い瞳を輝かせて、野口です、と答えた。

「申し訳ありません、急に」

岩田は名刺を差しだすと、野口はろくに見ないでポケットにしまった。

「若菜のことですよねえ」

そう言うと、野口は近くにあるベンチに岩田をさそった。

「昨日、後藤に会いましたよね？」

いきなり言われて、岩田は返事に窮した。

「後藤から電話があったんです。それで、もしかしたらと思っていたところにお電話いただいて」

「……そうですか」

では、こちらが訊きたいことは承知しているということだ。

岩田は後藤にぶつけたのと同じ質問をくりだした。

野口の口から出たのは、後藤のそれとほとんど変わりなかった。

「岩田さん、若菜のおかあさんに会ったそうですね？」

「ええ、昨日」

深大寺セミナーのメンバーは、岩田が松崎若菜のことについて、訪ね歩いていることを互いに連絡しあっているのがうかがわれた。後藤が洩らしたのだろう。

「井の頭公園で殺された警官……えーと、なんていいましたっけ？」

「山根和敏」

「そうそう、山根さん。彼、若菜の自殺を知っていたんですよね？」

「実を言うとそうなんですよ」

「それで、若菜のことを調べているんですよね？」

「ええ」

「岩田さん、はっきり言わせてもらいますけど、なにを知りたいんですか？」

眉根をよせて、野口は言った。

「……ですから」

若い女の声がして、野口は顔を前にむけた。

チェックのパンツをはいた髪の長い女が、立っていた。頰骨の高い顔に見覚えがある。加藤麻美だ。

「音楽史、もうはじまるわよ、いいの？」

わたりに船だ。

岩田は麻美に名刺を差しだして、名乗った。

「……あの、記者の人……？」

麻美は野口の顔を見比べながら困惑した表情を浮かべた。

「これからお電話しようと思っていたんですけど、助かりました。少し、お時間いただけませんか？」

岩田が言うと、野口がベンチにすわるようにうながした。麻美は岩田と野口にはさまれる形ですわった。

「岩田さんには、だいたいのことを話しておいたんだけどさ」と野口は麻美に語りかけながら、岩田の顔をのぞきこんだ。

「若菜のこと？」

「うん」

いまここで、麻美に同じ質問をしても、望むような答えは得られないだろう。しかし、麻美本人の口から、亡くなった松崎若菜をどう思っていたのか、だけは聞いておきたかった。

「麻美さん、松崎若菜さんとはずいぶん、仲が良かったとお伺いしていますけど」

「それがなにか？」

「若菜さんがあんなことになって、さぞかしお辛かったことと思います」

「……最初は信じられなくて」

「ふだん、若菜さんとは、どんな話をされていましたか？」

麻美は当惑したように、野口の顔色をうかがった。

「指揮のこととか？」

「あ……はい」

「男の人とつきあっているというようなお話、されたことはなかったですか？」

「なかったです。彼女、そんなことをしている暇、ありませんでした。学校が終わったらバイトもしてましたし、土日は寝る間も惜しんで受験の準備に追われていましたから。でも、どうして……」

麻美はいぶかしげな顔で野口を見やった。

「例の殺された警官のことだよ。いま、話していたところだ」

麻美は合点がいったという顔で岩田を見た。

「彼女があの警官とつきあっていた……ということですか？」

「可能性は否定できないので」

「それこそ、百パーセントないと思います。若菜はなんでも話してくれる子でした。つきあっている人がいたとしたら、隠すようなことはしません。というか、隠しきれないと思います」

「そうですか……つかぬことお伺いしますが、麻美さんは若菜さんがこの大学の受験に失敗した理由はなんだと思いますか？」

「……わたしには思いつきません」

「彼女、深大寺セミナーでは常にトップでしたよね？」

「ええ、そうでした。どんなに背伸びしても、わたしはかないませんでした」

しおらしく認めたので、岩田は意外な気がした。

「麻美さん、あなたは指揮の実技もされたと思いますけど、ご自分ではどれくらいの出来だったと思いますか？」

麻美は困惑した顔で言葉につまった。

「ちょっと、その訊き方はないじゃないですか」野口が口をはさんだ。「彼女に答えられるわけないじゃないですか。ぼくが訊かれたって、答えられませんよ。だいたい、実技で使われた曲を知っていますか？」

「『フィガロの結婚』の序曲と聞いていますが」

「そうです。はじめから終わりまで何分あるか知ってますか？」

「知りません……」

「指揮者によって長さも曲想もまったくちがうんです。長いものだと五分以上、短いものは四分を切りますし。指揮って、そういうものなんですよ」

そう言われても、岩田には理解できず、だまっていると、ふたたび野口が言った。

「モーツァルトの書いた楽譜には、何分で終われなんて書いてありません。ただ、プレストという指示があるだけです」

「……プレスト」

「おおまかな曲のテンポを表す記号です。ただそれだけをヒントに、われわれは指揮棒をふるんです。『フィガロの結婚』にこめられた意味を必死で解きながら。残念なことに、その答えは指揮者の数だけある。ぼくの言った意味、わかりますよね？」

「……決まった答えはない、ということですね」

「入試だって同じことです。たまたま、われわれ三人は合格して、若菜が落ちた。それだけのことです。ほかに意味合いはありません。若菜は気の毒だったと思います。でも、いまさら若菜が帰ってくるわけじゃない。残されたぼくらは自分の道を進んでいくだけです。さ、行くぞ」

野口は不機嫌そうに腰をあげると、麻美を連れて歩き去っていった。

建物に入っていくふたりのうしろ姿を見ながら、岩田は次の打つべき手を考えた。残された選択肢は少ないように思えた。

38

その建物の中に入ると、ソプラノの調べが廊下の奥から伝わってきた。野口と加藤が入っていった二号棟だ。岩田は左手にある学務事務室と書かれたドアを押し開いた。さほど広くない部屋に、五人ほどの男女が仕事をしていた。岩田が声をかけると、手前にいた女が、低いカウンター越しに岩田の前に立った。名刺を差しだし、指揮科の久米先生とお会いしたいと申し出た。

女は、奥にひとり離れてすわっている男のもとへ出むいて、用件を伝えた。

男は岩田に一瞥《いちべつ》をくれると名刺を持ってやってきた。

「事務長の佐野と申しますが、取材のお申し出でしょうか?」

五十すぎ、黒メガネをかけた男はなれた感じで言った。

岩田は突然訪問したた非礼を詫びてから、日本の指揮者の特集記事を書きたいと思っていて、その一環として音大の指揮科をお邪魔して簡単な話を伺いたいのだが、どうだろうかと伝えた。

佐野は、授業の一覧を見てから、岩田にむきなおった。

「いま、久米先生は実習室にいらっしゃいますので、連絡をとってみます。少しお待ちください」

そう言って、佐野は自席にもどり受話器をとりあげた。

電話を終えると、佐野はカウンターから出てきた。岩田を事務所からつれだして、二階へ案内した。実習2というラベルのついた部屋のドアを開けて、岩田を招じ入れた。入れかわるように学生たちが出ていった。

髪をオールバックにまとめた品のよさそうな男が、窓際にある机に広げた楽譜を片づけていた。久米教授らしかった。黒板消しで黒板の字を消している三十前後の女性もいるが、学生ではないようだった。

佐野は岩田を紹介すると、立ち去っていった。

久米はにこやかな笑みを浮かべて、歩みよってきた。

「えっと、指揮者の記事といいますと、やっぱり北村さんのことからになりますか？」

北村博臣は三鷹音大の卒業生でもっとも名前の売れた指揮者だ。若い頃から、ベルリンフィルやロンドンフィルといった世界のトップクラスのオーケストラの指揮者として活躍している。

「いえ、そうではなくて……松崎若菜さんのことをお伺いしたくてまいりました」

久米の顔色がさっと変わったのを、岩田は見逃さなかった。黒板の字を消していた女性の手が止まった。細身の体つきで、黒のパンツが似合っている。

「ご存じですよね？　今年の指揮科の受験生です。先生も以前から目をかけておられたと伺っているのですが」

久米が黒板消しで字を消している女性に、

「須川君、ちょっと外してもらえるかな」

と声をかけると、女は会釈《えしゃく》をして部屋から出ていった。

「松崎君のことは知ってますよ……岩田さん……とか言ったね。彼女のなにを知りたいのかね」

「すべてです」

「……いきなりきて、受験生のことを聞きたいっていわれても……君」

「彼女が自殺したことはご存じですよね？」

「ああ、まあ」

「彼女の母親と会ってきました。先生が彼女をずいぶん、バックアップしていたということを聞きました。ぜひともお会いして彼女のことを先生の口からお伺いしたいと思ってまいりました」

「だから、なんだね……」

「単刀直入にお聞きします。彼女が三鷹音大を落ちた理由はなんでしょうか？」

久米は表情を見られたくないらしく、窓側に身体をむけた。

「失礼だな、あなた、いきなりやってきて、受験生が落ちた理由を教えろだなんて……失礼だ……話にならん」

「深大寺セミナーのメンバーと会ってきました。実技も筆記試験も彼女はトップだったと彼らは口をそろえて証言しています」

　ふりかえった久米の顔に険悪な相がみなぎっていた。

「……そんなことを部外者に答える義務がどこにあるのかね？」

「先生は試験判定の責任者のお立場にいた。だからお伺いしているのです」

「くどいな、新聞記者がいちいち口をはさんでくる用件か……君、もしかして親戚か？」

「ちがいます。あくまで第三者です。ご安心ください。先生を訴えたり、記事にして書くようなことはしません。ただ、どうしても、理由が知りたいんです」

「……いったい、何事があったのかね？」

「山根和敏という警官をご存じありませんか？」

　岩田は山根の事件を話した。

　久米は目を落ちつきなく動かしはじめた。

「ないない、ぜんぜん知らないよ、そんな警官のことは……かりに若菜がつきあってたとしたって、知るわけないじゃないか」

「ですから、是非、松崎若菜さんが落ちた理由を知りたいんです。そのことがわかれば、山根と若菜さんのつながりがはっきりわかると思います。お教えいただけませんか？」

「若菜が落ちたのに、やましいことなんか、ひとつもないよ。うちの入試要領にのっとって、判定されたにすぎないんだよ。そりゃ、彼女がショックを受けて命を絶ったのは気の毒きわまりない話だ。でも、その責めをうちが負わなきゃいかん理由なんて、これっぽっちもないんだよ。わかったらひきとってくれたまえ。午後の授業の準備をしなきゃいけない。さあ」

「わかりました。残念です。吉見理事長をお訪ねしなくてはなりません」

久米はもはや聞く耳を持たなかった。岩田の背に手をあて、強引に教室から押しだした。

岩田は確かな感触をつかんだような気がした。

やはり、松崎若菜の入試失敗には裏がありそうだ。

岩田は廊下を歩き、指揮科スタッフというラベルのついた部屋を見つけた。

中から蛍光灯のあかりが洩れてきた。二度ノックして、ドアを開ける。

本や楽譜のつまった棚が並んだ部屋の真ん中に、五人の男女がパイプ椅子に腰かけていた。全員の目がドアの前に立つ岩田にむいた。まるで、岩田の来るのを待ち構えていたようだった。指揮科の入試試験官全員が顔をそろえているのかもしれなかった。

実習室にいた須川という女性もいる。

松崎若菜の名を出したとたん、部屋の空気が凍りついたようにかたまった。

「いま、久米教授とお会いしてきましたが、松崎若菜さんが入試を落ちた理由についてはお伺いできませんでした。こちらの方で、少しでも心当たりのある方がいらっしゃったら、是非、お聞かせくださいませんでしょうか？」

全員が互いの顔を見比べてから、おのおの、ちがうほうへ顔をむけた。

須川が席を立ち、岩田に近づいてきた。

「わたくしどもは、お話しすることはございませんので」

と言うと、ドアノブをつかんで、扉を開いた。

出て行けということらしい。

それにしたがって外に出ると、ドアが内側から閉められた。

岩田は二号棟から出た。携帯で編集委員の服部のデスクに電話を入れた。

すぐ服部の声がした。

「岩田です。少しお願いしたいことができました……」

「さきほどはうちの者が失礼をしてしまったようで。ま、やってください」

理事長の吉見忠徳《ただのり》はそう言うと、来客用の茶碗を手にとった。カールのかかった長髪が額にかかるのを気にする様子もなく、半分ほど飲みくだすのを岩田は見つめた。

「こちらこそ、ずいぶん、ぶしつけなことをしてしまいまして、さぞかしお気を悪くされてしまったことと思います。どうか、お許しください」

「いえいえ、いいんですよ、だいたいのところは服部さんから聞きました。そういうことでしたら、はじめからわたしのところにお見えいただければ、話が早かったですね、ははは……」

磊落《らいらく》そうな笑い声を上げる太り気味の理事長に、指揮科のスタッフから受けた陰のある印象はみじんもなかった。

岩田も言われたとおり、お茶を飲んだ。

しばらく、吉見から学校の自慢話を聞かされた。それがすむと、経営の話や昨今の学生気質まで話がおよんだ。つい引きこまれて、気がつくと正午をすぎていた。

「えっと、よかったら昼飯、ごいっしょしますか？　といっても、学生食堂からなにかとるだけですけども」

「ありがとうございます。その前に、さきほどのことをお聞かせ願えたらと思いまして……いかがでしょう、松崎若菜さんのことですけど」

「ああ、そうですね」吉見はふいに思い出したといった感じで、つづけた。「音大の入試といいますと、ふつうの大学の入試とはかなり趣が変わっておりましてね。実技を重んじる傾向がたぶんにあります。なかでも指揮科というのはそれの最たる例と申しましょうか。ただ、いかんせん、十八かそこいらの子に、指揮の実技をさせるわけですからね。それだけで見極めるというのはかなり難しい判断になってくるわけです。ご存じのように、クラシックの指揮というのは、感性もだいじですが、それ以上に、音楽全般に関する深い知識がいります。はっきり申し上げて、二十前の子供には、そのあたりの素養がまだまだついていない、というのが正直なところなんですよ」

「……松崎若菜さんはそのあたりが未熟だったということでしょうか？」

吉見は膝を前に押しだしてつづけた。

「指揮科の人間に言わせると、どうもそれに近いですな」

「でも、わたしが深大寺セミナーの受験生や、こちらに合格した人から聞いた話によると、松崎若菜さんの才能は抜きんでいたように思えるのですけど……」

「受験生の耳と試験する側の耳と目は、まったくくちがいますからねえ。ひとくちにこうだとは申し上げにくいんですがね」

「……しかし、理事長、合格した加藤麻美さんより、松崎若菜さんのほうが上だったというのはまちがいないようです……どうでしょうね、そのあたりは、ざっくばらんに」

「わたしがね、じかに試験に立ち会っていればですね、はっきりとお答えできたとは思いますが、なかなかそこまでは手が回りませんし、指揮科にまかせてあることですからね」

「いや、それでも気になるのです。なんでも結構です。ご存じのことがありましたら、是非、お聞かせ願えないかと」

「……弱りましたな。本学をあずかるわたくしがこう申し上げているにもかかわらず、信用していただけないとなりますと……これ以上、申し上げることは残っていませんが、あえて、それでも、うちの入試に問題があるというお疑いを抱かれているようでしたら、わたくしどもも、それなりの措置を講じませんといけませんなあ」

「……措置と申しますと」

「おたくとおたくの社に対して、法的な検討もふくめて、なんらかの手段を講じざるをえないということになるかと思います。なにも、そこまではと思っておりましたが、お話を聞いていますと、それもやむをえないかなと」

「……わかりました。またよらせていただきます」

「結構ですよ、いつでもいらっしゃい。ただし、この件は抜きでお願いしますよ。そうでなければ、いつでも大歓迎させてもらいます。服部さんにはよろしくお伝えください」

体よく本部棟を追い出されたのは、午後一時を回っていた。部下からの報告は一本も入ってこなかった。ハイヤーを北にむかって走らせた。

新川の交差点で、メールの着信音がした。

車をコンビニの駐車場に入れて、届いたばかりのメールを見た。

ネット大手のヤフーのメールアドレスだった。登録していない見知らぬ相手だ。

〈本日午後五時、吉祥寺のれん小路ネストにて待つ　K.492〉

意味のわからない中身だが、迷惑メールとは思えなかった。ヤフーのフリーメールのアドレスだし、吉祥寺の地名に引っかかるものを感じる。

送り主はだれなのか。なんの目的で送りつけてきたのか。

岩田はメールを閉じて、相羽の携帯に電話を入れた。

威勢のいい声がした。

39

吉祥寺駅の神戸屋に四人の部下が先着し、派手な見出しをかかげる夕刊四紙を交換しあって見ていた。

東邦新聞は一面を使い、高津の死亡記事を掲載していた。本記は唐木の署名入りだ。

〈死亡直前　本紙記者が高津と会見……本紙記者によれば、高津省吾は死亡直前、重大な告白をした〉

見てきたような記事に仕立てている。中身についてはいっさい、触れられていなかった。

三宅から聞き出したのだろう。

岩田が聞き込みの具合を訊くと、相羽が吉祥寺の都市地図を広げた。

「手分けしてやってますけど、見たとおり、たくさんあります。電話帳で調べたのを片っ端から当たってます。高津のいたラブホテルに近いほうから当たってますが、まだ……見つかりません」

「何軒当たった？」

「十三軒」

「お玲とゼンさんは？」

「井の頭公園に近いほうから順に十軒。こっちもまだです」

深沢が答えた。

「そうか……つづけてくれ。シマ、おまえのほうは？」

「井の頭公園の警邏《けいら》の応援ですけどね、やっぱり、万助橋駐在所からのみ応援に出るようになってます。山根が勤務していた吉祥寺駅東口交番から、井の頭公園の警邏の応援に出むいた警官はいません」

「山根だけか……」

「それでも山根は行った」

「行かされたんでしょうね」

「山根の勤務日程はどうだった？」

「いつかのクラシックのこと話してくれた巡査がちょうどいましてね。彼が言うには、東口交番は三人ずつ、四つの係で回しているそうです。山根が所属する一班の連中も山根が殺された当日、山根が勤務日の変更を受けて日勤についていたことなど、知らなかったそうなんですよ」

「おかしいじゃないか」

「キャップの言ったことが少しずつ当たってきてるような感じですよ」

「日本料理屋の聞き込みをつづけよう。シマはカッチンを手伝ってやれ。おれもやる」

「ところで、キャップのほうはなにか？」

相羽が訊いてきた。

岩田は三鷹音大へ当てに行ってきたが、まったく成果は上がらなかったことを話した。

「加藤麻美ってどんな感じの子でした？」

お玲が気になるらしく、訊いてきた。

「良家の子女タイプ」

「ひねくれた感じじゃなかった？」

「ないない。普通の女の子だ。親にねだって、三鷹音大に入れてもらったという感じはない。だいいち、もし、不正入試を知っていたら、あそこまで素直になれないような気がする。やましいって本人が感じている様子はゼロだったよ。そういえば、変なメールがきたな」

「なんです、それ？」

岩田はそれを開いて三人に見せた。

「のれん小路のネストか……なんの店だろうな」

携帯をしまいかけたとき、お玲が口を開いた。

「……これってケッヘルかなあ」

「ケッヘル？」

相羽が口をはさんだ。

「ねえ、島岡君、ネットでちょっと検索かけてくれない？　K.492」

「K.492？」

「ええ」

「待ってくださいよ……」

島岡がスマートフォンを使い、調べるとすぐ結果が表示された。

「ドンピシャ、ケッヘルだわ。モーツァルトの作品の目録番号です」お玲が言った。「それの492番は……」

島岡が結果を表示させると、三人の顔を見やった。「『フィガロの結婚』……ですよ」

『フィガロの結婚』といえば、三鷹音大の入試の課題曲だ。あえて、そんなものを使ってくるメールの相手方はどこのだれなのか。

「キャップ、三鷹音大の関係者ですよ、これって」

島岡が言うと、相羽もお玲も同調した。

「キャップ、お呼びがかかったんじゃないですか」相羽が好奇心をむきだしに言った。

「どこのだれなんですか？　キャップ、心当たりありませんか？」

「わからんよ」

岩田は三鷹音大で会った関係者の顔をひとりずつ思い浮かべた。深大寺セミナーの参加者や教授、講師……。まったく、思いつかない。

そのとき、携帯が鳴った。

尾形からだった。

「三鷹音大行ったのか？」

いきなり尾形は言った。

「行きましたが」

「当てに行ったんだろ？　三宅の命令か？」

「いえ、自分ひとりの判断です」

「たったいま、広報を通じて正式に三鷹音大から抗議があった。明日、返事をするということでとりあえずすませた。場合によっては謝罪に出むかないといかんぞ。わかってるのか？」

「そのときがきたら……応じます」

「てめえ、のんきなことを……早いこと上がってこい」

「遅くなります」

「岩田っ」

携帯を切った。


岩田は日本料理屋の聞き込みをつづけた。岩田の受け持ちは吉祥寺駅北口の盛り場だった。ぜんぶで六軒。

吉祥寺大通りに近い順にまわった。今度は三宅から電話があった。

「尾形局長があわてまくってるぞ」

「さっき、電話がありました」

「大学のほう……松崎若菜が落ちた理由はわかったのか？」

「まだです」

「だいじょうぶなのか？」

「まかせてください」

「例の月島会というのは……どうなんだ？」

「いま、ウラ取りの最中です。三宅さん」

「なんだ？　あらたまった声出して」

「今日組みの朝刊で抜かせてください」

「簡単にそんなことを口走るな」

「夕方のデスク会議は、適当にあしらっておいてください」

「だから岩田……無理だって」

携帯を切った。

三軒目の聞き込みが終わると、携帯に相羽から連絡が入った。

「ご苦労さん、どうだ、そっちは」

「まあ、ぼちぼち」

相羽の声が明るい。

「いま、どこにいる？」

「井の頭通りの中町……見つけました」

「そうか」

「積庵って店です……玄関を開けると、すぐ池があって鯉が泳いでます。手作りの豆腐を食わせます。天ぷらも。雰囲気いいですよ、個室から中庭が見えてちょっとした旅行気分にひたれますね」

「場所は？」

「井の頭通りと成蹊通りの交差点の近く。ここからなら、井の頭公園の現場まで車で二分ですね」

「で、当てたのか……？」

「女将《おかみ》に写真、見せました。ふたりに見覚えがあるそうです。ひとりは四十前後で頬に絆《ばん》創膏《そうこう》を貼っていた警官、それから山根の上司の……」

「梅本？」

「そうです。今週の日曜、午後四時少し前に来店しています」

「で、高津は？」

「三人できたのはたしかなようですが、残りのひとりはふたりがガードしているような感じで顔がよく見えなかったそうです」

「高津かもしれんぞ」

「裏手の駐車場にある防犯カメラの映像が残っていたんで見せてもらいました。三人、映ってます」

岩田は思わず拳を握りしめた。

「よくやってくれた。こっちへもどってきてくれ」

高津の出所を出迎えたのは、梅本と小林だろう。ほかにも手助けする警官がいたかもしれない。高津は言いなりになって携帯を買い、覚醒剤も手に入れた。そして、例のラブホテルに泊まらせた。

明けて、月曜日。ふたりは高津を積庵に連れこんで旨い物を食わせ、酒を飲ませて感情を昂《たか》ぶらせた。会話の中に岩田のことを巧みに織り交ぜて、東邦新聞社の代表電話番号が入っている携帯電話をわたした。頃合いを見て覚醒剤を打ち、刑務所生活でつもりにつもった高津の鬱憤《うっぷん》が爆発する寸前まで持っていった。

そこまで持ち上げてから、ふたりは高津を店から連れだした。車に乗せて、井の頭公園の西園入り口まで走った。そこで、小林が車から高津を引きずりおろして、ほたる橋へ急いだ。

最後の仕上げは〝制服〟を着た警官だ。山根と引き合わせる寸前、決定的な一言を吹き込む。

『これから来る山根という警官は、おまえの姉さんをつけ回しているストーカーだぞ』

それを聞かされて、高津は一気に感情が昂ぶった。山根を殺すという欲求が一挙に噴き上がった。間髪を入れず、

『携帯で岩田に電話しろ』

とそそのかされて、高津は岩田に〝殺人予告〟の電話をかける。

一方、山根は上司の梅本から、携帯でほたる橋にくるように命令を受けた。山根は少しも疑うことなく、そこに出むいた。

ほたる橋まで小林は高津の耳元でささやきつづけた。

『……もうちょい、がまんしろ、もうちょいだ』

そして遠くに山根の姿を見つけると、耳元に吹きこんだ。

『ほうら、あいつだ、警官いるだろ、やれ、好きなだけ刺せ』

小林は高津の手にダガーナイフを握らせて、その背中を山根にむけて押しだした。

……そういうことなのだ、おそらくは。

40

午後四時五十分。ダイヤ街の広い通りから、ハモニカ横丁ののれん小路に入った。道は狭く焼鳥屋やスタンドバー、定食屋が早くも客をのみこんで活気がみなぎっていた。沖縄のタコライス専門店のとなりに、アジア系の雑貨を売る店があった。ネストだ。

店には若い女性客が三人いた。岩田も中に入ってみた。見知った顔はいないようだ。

午後五時をすぎた。岩田はお玲を店に残して、外に出た。

サラリーマンや学生らが往き来する数が増えていた。ダイヤ街の広い通りから女子高生の一団がやってきた。あっという間に、岩田は女子高生たちの流れの渦にのみこまれた。それが通りすぎると、目の前にＡ４サイズの茶封筒が落ちていた。

女子高生たちのだれかが、落としていったらしかった。どこにでもある茶封筒だ。いぶかしみながら岩田は封筒を拾い上げた。

紙が入っている。そっとそれを引き抜いた。

補導票……という文字が目に飛び込んできた。該当氏名欄に手書きで書かれた名前を見て、岩田は唖然とした。

松崎若菜。

住所も吉祥寺北町五丁目。あの松崎若菜にまちがいない。

補導票作成者の欄に同じ筆跡で、名前が記されている。そこには、山根和敏とあった。山根の押印もある。

補導した理由の欄には、万引き。作成日時は今年の一月五日火曜日。時間は午後五時十五分。

補導された場所は吉祥寺本町一の三の二……。

岩田はすぐわきにある電信柱の住居表示プレートを見やった。

吉祥寺本町一の三の二。

今年の一月五日、冬休みでにぎわっている午後五時、ちょうどいまの時間、山根巡査部長はまさにここで松崎若菜の持ち物検査をした。そして、カバンから値札のついたままの口紅を発見した。それを元に補導票を作成した。自分が手にしているのはそれをコピーしたものらしかった。

あの殺された山根の手によって書かれた松崎若菜の補導票。

殺された山根と松崎若菜の接点。それがこれなのか。

あの高校生たちはだれから、この紙をあずかったのか。

あらためて、封筒の中をのぞきこんだ。

底のあたりに、小さな紙切れが見えた。

引き抜いて見てみる。

〝MMU有志〟

とペン書きされている。

三鷹音大のイニシャルだ。音大で会った人のことをひとりずつ思い起こした。あの中のだれかが、これをもたらしたのだ。

でもなぜ……。

午前中会った三鷹音大の久米教授はこう言った。

……うちの入試要領にのっとって、判定されたにすぎないんだよ。

入試要領にある合否の判定基準には、生活態度の項目があるはずだ。著しい不良行為が露見した場合、それは不合格につながるのではないか。

この補導票が入試の合否判定に使われた。いや、大学としては使わざるをえなかった。松崎若菜は入試要領にのっとって、〝正式に〟不合格とされたのだ。

不正入試などといわれる筋合いはないのだ。

問題は、どうやって、この補導票が三鷹音大の関係者の手に渡ったのか、だ。

そこに月島会が関係していたとしたらどうだろう。

加藤将光は娘の麻美が大学受験で合格の見込みはほぼないことを当然知っていた。深大寺セミナーの三羽ガラスには娘は勝てない、と。しかし、麻美の志望は固かった。

三鷹音大の指揮科でなければだめ。

そのことを加藤将光は月島会の関係者に洩らした。

お嬢さんはそれほど三鷹音大に入りたいんですか……わかりました、いくつか心当たりがありますからちょっと調べてみましょう、と月島会の人間は請け負った。

月島会から命を受けた吉祥寺署生活安全課の係員が、課にある補導票綴りをめくると、そこに深大寺セミナー参加者でトップ合格まちがいなしと言われていた松崎若菜の補導票を見つけた。

……これは使える。月島会側はそうふんだにちがいない。

この補導票を大学側に見せれば、まちがっても合格にはできない。まんいち、合格などさせようものなら、マスコミに漏洩させて、不良学生を不正入学させたと書き立てさせることもできるからだ。

月島会の人間はそうしたことを見越した上で、三鷹音大へこの補導票を持ちこんだのではないか。

問題は補導票を書いたのが人一倍正義感の強い山根だったことだ。後日、山根は松崎若菜の自殺を知ることになる。まさかと思いながら、山根は若菜の葬式に参列した。そこで若菜の自殺の原因が三鷹音大の受験の失敗であることを知った。若菜はトップで合格していたはずなのに、落ちてしまったことも。そのとき、山根は自分の書いた補導票が大学側にわたり、それが合否判定に使われたのではないかと疑惑を抱いた。

山根は月島会の上層部にことの次第を問いただした。そして、山根は自分も一連の〝犯行〟に加担していることを知った。山根は自分のせいで松崎若菜が命を絶ったことに激しい悔恨の情を抱いた。怒りの気持ちがおさまらなかった。その鬱憤は、当初、月島会ではなく、話を持ちこんだ加藤将光にむけられた。

山根はパーラーダイヤを徹底的に取り締まった。彼にできることは、それしかなかった。

月島会側はそうした山根の行動に危機感を覚えた。このまま山根を放置しておけば、山根は勢いあまって本部の監察、あるいは、警察庁の監察官に話を持ちこむ恐れが多分にある。

山根を切らなくては月島会の組織本体に影響が及ぶ恐れが出てきた。しかし、正義感のひときわ強い山根は、もう説得には耳を貸さなくなっていた。ことが露見してしまえば月島会の行った不正が表に出てしまう。

山根には消えてもらうしかない。

そこでダシに使われたのが、この自分自身だった。

月島会のだれかが、岩田の書いた記事のことを覚えていた。高津は警官に対して異様な敵愾心を抱いている人物であり、しかも、幸運なことに、ひと月後、出所することになっている……。

――高津を誘導して通り魔殺人と見せかけて山根の命を絶つ。

そういう筋書を立てて実行に移した。

すべて、月島会側の思うつぼだった。事件の異常な側面ばかりが強調され、山根は単なる不運な警官として命を落とした、という程度の扱いになった。月島会側の意図は完全に封印された。

しかし、事件翌日、警察による聞き込みが行われていた吉祥寺で、岩田は山根が偽ブランドバッグの真贋鑑定を依頼していた事実をつきとめた。そのことを警察――月島会は隠蔽した。しかし、その隠蔽工作を岩田が知ることになり、そのときから風向きが変わった。

同時に、岩田らは山根がとあるパチンコ店に対して、取締りを強めていた事実をつかんで、その店に取材をかけた。

月島会はあわてた。マスコミの関心をそらそうと、山根がその店をゆすっていた、などというまことしやかな噂話を流した。そのことが逆の結果を招いた。山根の恋人がいわれのない噂話に憤慨して、岩田に情報を流してきたのだ。その結果、松崎若菜の自殺という事実にゆきついた。

月島会側も、岩田らがこれ以上、事件に首を突っこんでこないよう、新たな手段を打っていた。それが高津からかかってきた二度目の電話だ。そして、岩田に犯人隠匿《いんとく》の疑いをかけて東邦新聞上層部に圧力をかけ、岩田らを排除しようとした。

しかし、疑惑は払拭《ふっしょく》できなかった。三鷹音楽大学側にも山根と同じ心根《こころね》を持った人間がいた。その人間は岩田になんとかして松崎若菜の不合格になった理由を知らせようとした。それがたったいま、自分にもたらされたこの補導票ではないか——。

そのとき、携帯が鳴った。三宅からだった。

「まだ吉祥寺か？」

「あ……はい、まだ、います」

「情勢が変わった。一刻も早く上がってこい」

「会議でなにが出たんです？」

「今度こそ、おまえの進退がかかってる。猶予ならんぞ」

「今日組みの朝刊のトップ、確保してくれましたか？」

「まだ、そんな夢みたいなことを……」

「どうなんです？　デスク会議で出してくれたんですか？」

「出した」

岩田は背筋が、かすかにしびれた。

「助かります」

「さっさと上がってこい」

怒鳴り声とともに、電話は切れた。

41

岩田がハイヤーの車内で補導票を差しだすと、四人の部下がさっと目を落とした。説明するまでもなく、全員がその意味するところを察したようだった。

「これが三鷹音大側にわたって、松崎若菜は落とされた。そういうことですね？」深沢が言った。

「キャップにメールをよこした人間は、三鷹音大の関係者ですよね？」

「ほかにない」

「大学側の不正を告発したかったのかなあ」

「不正と決まったわけじゃないが」相羽《あいば》が言った。「松崎若菜に限りなく近いシンパだったんだろう。深大寺セミナーの連中は、若菜を高校一年生のときから面倒見ている。合格して当然と思っていたのに、若菜は落ちた。受験にたずさわった講師の連中だって大学当局側に疑いを持って当然だろ」

「その線が強いと思う」岩田が答えた。「当局側は講師たちから突き上げられて、おそらくこの補導票を見せた。でなきゃ、講師たちはおさまりがつかなかった」

「でも、大学で面とむかってキャップに渡すようなことはできない。だから、こんなふうな渡し方になったんですよ。これで山根と松崎若菜は、くっついたじゃないですか。月島会の警官が高津を誘導して山根の息を止めた理由もわかった。もう、打つしかないですよ」

勢いこんで言う島岡を、相羽がいさめた。「単純だな、とことん、おまえは。まだ、状況証拠がそろっただけだろ」

「あれ、相羽さんともあろう方が、やけに弱気じゃないですか。積庵のテープがあるんですよ。これ以上の証拠がどこにあるというんです?」

「見たのか?　映ってる映像?」

「いえ……」

「古いVHSテープだぞ。何百回ってくりかえし使われてる。店で見させてもらったが、かろうじて……という程度だ。高津は姿だけで、顔は映っていない」

「写真部に頼めば、ばっちり直してくれますって」

「シマ、それより、こっちのウラ取りが先だぞ」

岩田はそう言って、補導票をあらためて指した。

「まずは筆跡だな」深沢が言った。「どうですか、山根の恋人の永井友子に当たってみるのは？　手紙の一枚や二枚ありそうじゃないですか」

「ああ、そっちはゼンさん、たのむ。おれのほうから永井に連絡しておく」

「了解」

「それから、カッチン、おまえは松崎若菜の母親のところへひとっ走りしてくれ」

「補導されたかどうか訊くわけですか？」

「そうだ」

「それはいいですけど、補導票の扱い自体を調べないことには話にならんのじゃありませんか？」

「扱いってなんだ？　書いた警官が所轄の生活安全課に上げるだけだぞ。少年係にだ。傷害や恐喝のような凶悪なやつは、そのまま捜査に入るが、ここにあるような万引きなんて初犯なら綴じておくだけだ」

「それはそうでしょうが……山根はどうなんですか？　ほんとにこれを書いたのが山根だと言えますか？」

「山根本人が書いたと思うぜ、カッチン」深沢が決めつけるように言った。「自分が書いた補導票のせいで、松崎若菜は大学を落っことされ、あげくに自殺したんだ。それを知った山根は身内の月島会に攻撃をはじめたんだしな」

「それはそうですが……」

「ほかになにがあるよ」

「とにかく、すぐウラ取りに行ってくれ。おれは局に上がって、デスクと調整する。相手が相手だ。とことん、腹くくってかからんことには、花火は打ち上げられん」


午後六時。本社ビルに着くと、玄関で三宅デスクが待ちかまえていた。八階の総務局まで連れて行かれる。総務局のフロアは人がまばらで、明かりだけがまぶしかった。総務局長室の前で立ち止まると三宅は入るよう命じた。

岩田は緊張した。総務局長に呼ばれたことなど一度もなかった。情勢が変わったというのは嘘ではなかったのか。

窓を背にして、どっしりした重役椅子に色付きメガネをかけた男がゆったりと構えていた。

総務局長。中嶋道夫。総務畑一筋。二万人の東邦新聞社社員ににらみをきかせる労務の鬼。五十五になるはずだが、歳不相応、四十すぎの若造にも見えなくもない。

ソファに編集局長の尾形が待ち構えていた。しびれを切らしたような顔つきで、岩田を見上げた。「岩田、どこ、ほっつき歩いてた」

「吉祥寺、ほかです。デスクに行き先を伝えてありますが」

「その三宅が知らんというのだ」

売り言葉に買い言葉。それ以上の返事はむだだ。

自分以上に三宅が緊張して身をこわばらせていた。

「岩田君、週明けから災難つづきだったな」中嶋が透きとおった声で言った。「高津が見つかって落着《らくちゃく》と思っていたが、どうも、そう簡単にはいかないようだ。じつは午後になって警視庁のさる筋からわたしあてに電話が入った。事件はヤマを越えたので、事件の端緒《たんちょ》になった岩田さんから話を聞きたいということだった。できれば、明日の朝、任意で吉祥寺署へ出頭してもらいたいと言ってきた。当人から事情を聞いたうえでと、返事を保留にしてある。そのあたりの感触、君、どう思う？」

「……そう仰《おつしや》られても……」

「例のラブホテルのときに、君は警察の事情聴取に応じているな？」

「はい」

「そのことは、電話があったときに、わたしから話した。それでもなお、君から話を聞きたいとあちらさんは言っている。まったく、困ったものだ。デスクもその上も君の動きを把握している者はひとりとしていない」

尾形は眉をひそめ、三宅はさらに身体を縮こませた。

「この件はずっと、三宅から報告を上げさせていたが、いまひとつ、わからん。宮瀬の件とリンクしているわけじゃないな？」

「リンク……と言いますと？」

岩田が言うのを尾形がさえぎった。「局長、うちが宮瀬のネタを落としたのと高津のヤマはいっさい、関係ありません」

「それはわかっているが……岩田君、君の口から説明してくれんか？　高津のヤマに警察組織がからんでいるというのは本当か？」

「……月島会のことですか？」

「そんな名前が出ていることは承知している」

「もしかして、警視庁からの電話というのは……？」

「いいから話せ」

もはや、隠しだてできる時間はなくなった。岩田は覚悟を決めた。

「はっ」

岩田は高津本人の口から出た言葉から推量して、警官殺害事件に月島会と称する警察組織が関与している可能性のあることを話した。月島会とパチンコ業界の癒着に、まったく罪のない高校生が巻きこまれて自殺を遂げ、それが結果的に高津による警官殺しを引きおこしたと思われることを説明した。警官殺害については、岩田自身が書いた記事が悪用されたこともつけ加えた。

「てめえ、本気でもの申してるのか……」

尾形があきれた感じで言った。

横から三宅が、

「補導票、見せてみろ」

とせっついてきたので、岩田はコピーですが、と前置きし、デイパックからとりだして、テーブルにおいた。さっと尾形がすくいあげ、それを確認すると中嶋に回した。

中嶋はグレーのメガネをはずして、紙を顔に近づけて見入った。

「こいつは本物なのか？」

中嶋は補導票をテーブルにもどすと、言った。

「いま、確認中です」

「どう確認するんだ？」と尾形。

「山根のフィアンセに、山根の書いた手紙を借り受けます」

「これは三鷹音大から出てきた代物か？」

「まちがいないと思われます」

「積庵のテープに警官が映っていたのか？」

「これから確認します」

「見せろ」

岩田はデイパックからビデオをとりだし、備えつけのビデオデッキに入れて再生させた。

全体に霧のかかったような粗い画面にセダンがやってきて停まった。運転席から人が降りてきて、後部座席のドアを開け、中からひとりの男を引きだした。反対側からも男が下りてきて、引きだした男の両脇から抱えるように店の中に入っていった。運転手は小林、後部座席にいたのは梅本。ふたりの顔を知っていれば、どうにか区別がつくが、引きだされた高津は終始うつむいていて、顔がわからない。岩田が三人の説明をすると、尾形が複雑な表情で岩田を見すえた。

「……これが高津だと言いきれるのか？」

「背格好からして高津にまちがいありません」

「おまえは本人を知っているからだろ。赤の他人が見たら、どこの馬の骨かわからんぞ……まったく、ね、局長」

中嶋は身を乗り出した。「岩田、君がつきとめた事件の構図は正しいか？」

「まちがいないと思います」

中嶋は尾形を、問いかけるように見やった。

「岩田、おまえは明日の朝刊トップを空けておけと言ったな」尾形がつづける。「それがこれか?」

「……そのつもりです」

「無理だな」

あっさりと尾形は言った。

「なぜですか?」

「抜いたところで警察は知らぬ存ぜぬを決めこむ。だいたい、テープに高津がはっきり映っとらんじゃないか。補導票も出どころがわからん。かりに本物だとしても、中身そのものに問題はない。そのあげくにすべては月島会とかいうわけのわからん集まりの仕業《しわざ》だと? てめえが一から作りあげた妄想じゃねえか」

「証明してみせます」

「どうする気だ?」

「当てます」

「当てるってどこへだよ。警察か……馬鹿言え」

「ホライゾンの加藤将光です。もともとは、この男が発端です」

尾形が苦笑した。「当てるってなにをどう？　まさか、この補導票を目の前でちらつかせる気か？」

「だめならそのときは」

「こんな紙っきれ、突きつけて、はいそうですすと認めるようなアホはいねえぞ」

それを無視するように中嶋が目をむいた。「いつ当てる？」

「明日の朝。いちばんで」

それを聞いて、中嶋は考えこむ様子を見せた。

「局長、まさか、こんな与太話《よたばなし》と……」

「岩田、引く気はないか？」

「押すしかありません。明日の朝刊がだめなら、夕刊で抜かせてください」

「……とりあえず、尾形、明日の夕刊一面は空けておけ」

中嶋に言われて尾形が渋い顔でうなずくと、岩田をにらみつけた。

「本当に抜けるんだな？」

「……必ず」

「三宅、弁護士の佐々木先生に電話を入れろ」中嶋が言った。「今夜中にきてもらえ。岩田、君の口から説明するように」

「わかりました」

「社は全力をあげて君を守る」

中嶋はそう言うと、全員を局長室から追い出した。

42

特命班の部屋には、相羽をのぞいた部下たちがもどっていた。

島岡にビデオテープを渡し、写真部へ行って映像の解析をさせろと命令すると、島岡は部屋から飛びだしていった。

深沢は山根和敏が永井友子あてに書き送った年賀状をよこした。

岩田は補導票をその横において、書かれている文字を見比べた。

角張った特徴のある書き癖。山根和敏の名前など、まったく同じだった。

これでクリアできた。

「この補導票、ほんまもんですよ。キャップ、やりましたね」

「ああ、これでいける」

「今日組みの朝刊トップで」

「……まあ」

「えっ、出さないんですか？」

「上はまだ態度を決めかねている」

実のところ、岩田自身も百パーセントの自信はない。

「三宅さんかぁ、こんなとき、腹決められんのかー。ビデオ、見せましたよね？」

「見せた」

「それでもだめ？」

「高津の顔がいまひとつ、ということだ」

「でも、補導票があるんですよ、これ以上の動かぬ証拠、見つけろっていうほうが無理だ」

「そうですよ、キャップ」お玲がつけ足す。「ここは打たないと」

「わかってる」

「一面トップに補導票。受けの社会面にビデオの映像と吉祥寺署。記事はキャップ、書きますよね？」

すでに頭の中で記事はできあがっている。

「すぐ書く」

「よし、整理部へ行ってきます。立ち会いまでには出稿できますね？」

しかし、こんなとき、相羽はどこにいる？

「する。ところでカッチンは？」

「さっき電話ありました。松崎若菜の母親は、娘が補導されたのかどうか、まったく知らなかったそうです」

「妙だな……」

そのとき、電話が鳴り、お玲が取った。

「キャップ、編集局長がお呼びです」

「わかった」

岩田は部屋を出て編集局フロアに向かった。

編集局長室に三宅もいた。岩田が部屋に入るなり、三宅がドアを閉めた。

「佐々木先生と連絡がとれた。一時間ほどでくる。なにかいい知恵を授けてくれるかもしれん。中嶋局長が警察に返事をしたぞ」

岩田は三宅の様子を見て、胃のあたりが重くなった。

「なんと?」

「岩田は出頭させません、だ」

「……助かります」

「あたりまえだろ。ただし、おまえを守ってるわけじゃないぞ、あくまで社を守ってるんだからな。はきちがえるなよ」

「それで、警察は?」

尾形はおまえの番だという具合に三宅の顔を見やった。

「明日じゅうに吉祥寺署へ出頭しなければ、本社にガサ入れするそうだ」

三宅の言った言葉が信じられなかった。

ガサ入れ？　ここに？　本気なのか？

「岩田、てめえ、ガラ持ってかれるぞ」

尾形の声が耳に届かなかった。

月島会は、岩田が月島会の正体を見破ったことを察知した。とりあえず、岩田の動きを封じる気なのだ。岩田さえおさえれば、あとはどうにでもなる。そう踏んでいるにちがいなかった。

三宅が部屋をうろうろしながら、

「うちとしたら、当面、次は……」

とわけのわからないことをつぶやいている。

「なにを四の五の言ってる、三宅、もう、賽《さい》は投げられたんだ。岩田を守りきるしかねえじゃねえか」

「……ですね」

「おい岩田、もう一度聞く。本当にこのヤマ、てめえが言ったとおりなんだな？」

「まちがいありません」

じっと尾形は岩田の顔をのぞきこむと、

「総力戦だな」

とつぶやいた。

「は？」

三宅が聞き逃したように、尾形の顔色をうかがった。

「うちと警察がとことん、勝負しようってことだ。岩田、そうだろ？」

「はい……そうなるかと」

「おい、三宅、社会部総動員かけろ。サツとつながってる記者を走らせて、月島会の黒幕をつきとめろ。それから、なんとか庵……ほら、高津が飲まされたっていう……」

「積庵」

「それだ。その店の近場の店、ぜんぶ洗え。高津を目撃しているのがいるかもしれねえ。それから、岩田、山根が殺された現場で高津を見たっていうアベックいるだろ？　そいつらに月島会の連中の面通しさせろ。もしかしたら現場で見ているかもしれねえ。山根の母親にも、同じくだ」

「局長」岩田は言った。「それは無理です」

「無理だとお……てめえ、尻尾《しっぽ》巻いて逃げだすのか」

「いえ、月島会がすべてを囲い込んでいて、関係者の面通しなどできません。わたしたちだけでやります」

尾形は一瞬、あきれたような表情を見せた。

「特命班だけでだと？」

「ほかの力は借りません」

「……いいのか、おまえ、サツにガラ持ってかれても」

「覚悟しています」

岩田はそう言い切ると、局長室を出た。

43

威勢のいい言葉を吐いたにもかかわらず、吉祥寺署に引っぱられたときのことを考えると、岩田は身の毛がよだった。

どれほど真実を衝こうと、警察は全力で隠し通そうとする。この自分が正式に起訴されてしまえば、免職……。社を去る。そうなったら家族はどうなる。翔太はますます、学校に行きづらくなる。

そう思っていると、携帯に奈津子から電話が入った。

いやな予感がした。たぶん、翔太のことだ。

「どうかしたか?」

「帰ってこなかったの」

「翔太か?」

「うん、携帯持たせればよかった」

「いまさら、そんなこと言っても遅いぞ。学校は?　聞いたのか?」

「聞いたわよ」

「ゲームセンターとかは?」

「どこの?　渋谷?」

岩田は腕時計を見た。

午後八時。

いくらなんでも、こんな時間までそんな場所にいるはずがない。

映画館で映画を見たり喫茶店で時間をつぶすようなこともできない。制服を着ているのだ。

「でね、つい、いましがた、亀戸のおかあさんから電話があったの。翔太が来てるって」

亀戸から?

岩田の父親は早くに亡くなり、母親がひとり暮らしをしている実家だ。

「早く言えよ」

「わたし、これから迎えに行くから」

「いや、いい。おれが行く」

「えっ、仕事忙しいんじゃないの?」

「それとこれとは別だ。切るぞ」

廊下のむこうから島岡が走ってきた。

「キャップ、整理から原稿、矢の催促ですよ、たのみますよ」

「おう、悪い」

まず、記事を仕上げなくては。

「写真はもう出稿してあります。補導票とビデオの写真、それから吉祥寺署の全景でいいんですよね?」

「おう、それでいい」

岩田は部屋にもどると、ノートパソコンの電源を入れ、出稿用のフォーマットを読みこんだ。

〈警察組織による殺人〉

十九日月曜日夕刻、井の頭公園で発生した通り魔殺人事件の真相は驚くべきところにあった……一気に入力した。

全八十行。一面トップ記事。

社内オンラインとつなげて、整理部と校閲部に送信した。

数秒たって両方から、

〈受信した〉

との返答があった。

壁時計を見た。

相羽は相変わらず不在だった。

午後八時半ちょうど。立ち会いには十分、間に合う。おちつかず、編集局にもどった。

整理部は面担当の十五人がモニターにかじりつき、レイアウト作業に没頭していた。右端、机ふたつ分を占領している〝陛下〟も同じく、腕まくりした太い腕で器用にマウスをあやつっている。

岩田が背後に回ったのに気づいて、陛下は画面を見たまま、

「派手にぶち上げたな」

とつぶやいた。大型モニターに、にやりと笑みが浮かんだのが見えた。

〈警察組織による殺人〉

一面ぶちぬきのゴシック十倍、ベタグロの縦見出し。その横に補導票とビデオから取りこんだ写真。左下に吉祥寺署の全景。その間に効率よく、岩田の書いた記事が流しこまれていく。あっという間に完了すると、インデックス作成にとりかかった。

「岩田、いいのかこれで?」

「え?」

「第一第二社会面の受けはいらねえのかって聞いてるんだよ」

「トップのみでお願いします」

「やけに、遠慮してるじゃねえか。わかった、消えろ。気が散る」

特命班の部屋にもどり、深沢に一時間ほど外に出てくると伝えて一階まで下りた。タクシーを捕まえて、首都高七号線に乗った。通行量は少なかった。

錦糸町出口で下りると、四ツ目通りを南に走り、小名木川の手前で右に曲がった。小高いマンションのわきに、昔ながらの二階建てのこぢんまりした家がある。岩田はタクシーを乗り捨てた。

玄関の戸を叩くと、引き戸が開いて光代が顔を見せた。

岩田が靴を脱いで上がりこむと、居間のコタツで、翔太が横になっていた。

「さっき、ご飯食べたところだよ。テレビ見てたら、このとおり」

「すまなかった、かあさん」

「今日はもう泊まりだね」

岩田は翔太のかたわらに腰をおちつけた。

「翔ちゃん、ずいぶん、つらいんじゃないかねえ……」

「もう中学生だよ、かあさん」

「まだ、子供だよぉ。こないだも来てさあ、さみしそうな顔して、ぼーっとテレビ見てるんだもん。どうかしちゃったんじゃないかって思ったよ」

「……そう」

コタツぶとんからはみ出ている翔太の顔を見て、岩田はおやと思った。

少し大人びた顔をしてきたと最近は思っていたが、今日の翔太はまるで小学生のときの顔そのものだ。それも、三年生か四年生、すっかり子供返りしてしまっている。それでも、家にいるときより、安心しきった顔つきのように見えた。

「そりゃ、少しでもいい中学入れたいのはわかるけどさ」

「かあさん、その話はもういいから」

「よかないだろ。子供が学校行きたくないなんて、よっぽどのことなんだよ。それを無理やり行かせたってだめに決まってるじゃないか」

「翔太が言ってた？」

「言わないけど、わかるよ」

「翔太、今日は何時頃きたの？」

「八時すぎ」

そんなに遅くに……。

岩田は腰を浮かせ、翔太の腰元に手をあてがって揺らした。

翔太はまぶしそうな顔をして、岩田の顔を見上げた。

「ショウ君、疲れたか？」

「ううん」

目をこすりながら、翔太は起きあがった。

「ちょっと、外へ行こうか？」

「家に帰るの？」

「ちがうって、スマートフォンだよ」

「えっ、スマートフォン？」

「買いに行こうか」

まんざらでもなさそうな顔で、コタツから抜け出してきた翔太を連れて、タクシーに乗り込んだ。

「こんな時間に開いてる店あるの？」

「あるよ。調べてきた」

「ふーん」

言うと、翔太はふいにぴったりと身体をすりつけてきた。

岩田は昨晩、高津の口から出た言葉をかみしめていた。

『甘えたいんだよ、子供ってさあ、いくつになっても』

甘えたければ、いくらでも甘えていいぞ。

岩田は翔太の身体に手を回しながら、心の中でつぶやいた。

学校へ行きたくなければ、好きなだけ家にいればいい。もう、二度と無理強いはしない。

二度と……。

44

高島平署裏の駐車場で待っていると、背広姿の奥寺がやってきた。

奥寺の顔が緊張でこわばっているのがわかった。

「忙しいとき、すみません」

「団地で今年に入って二度目の殺しだ。これから捜査会議だ。手短に頼む」

そう言うと、奥寺はキャスターマイルドに火をつけた。

午後十時。奥寺は吉祥寺から転進してきたのだ。

「……吉祥寺署に月島会の人間がいたようです」岩田は言った。

「そうか……」

「ご存じでしたか？」

「妙に居心地の悪い帳場だったがな」

吉祥寺署側がすべてとりしきっていたからだ。

「明日、事情聴取に呼ばれています」

「本当か……」

「はい」

「どうにもできんぞ、今度ばかりは」

「聞いてください」

岩田は昨日と今日、つかんだ事実をかいつまんで話し、デイパックから補導票を取りだして見せた。奥寺はさっと目を通して返してよこした。はなから否定しなかった。様々なことを頭に描いているように見えた。あるいは、岩田の知らないことも。

「ビデオに高津は映っているのか?」

「それは芳《かんば》しくありません」

テレビ画面のプリントアウトを見せたものの、奥寺は変わりなかった。

「警官は梅本と小林にまちがいないか?」

「はい」

「おれにどうしろと言うんだ? 吉祥寺署にその補導票が存在しているかどうか、きいたところで教えてくれんぞ」

「…………」

「だいじにな」

奥寺はそれだけ言うと、煙草を捨てた。

背を見せて歩き去っていくのを岩田は見送るしかなかった。

そのとき、携帯が鳴った。編集局長の尾形だった。

「今日組みの一面トップは延期になった」

「……わかりました」

「やけに素直じゃねえか」

「そういうわけではありません」

「弁護士の佐々木先生と話した。令状をとられたらガラ持っていかれるということだ。残る道は、本紙で真相をすっぱ抜くしかない」

「……そうですか」

「それも明日中にしなければ、警察は本当にガサ入れをしてくる……明日が勝負だ……岩田、本当のところ感触はどうだ？」

「クロです」

「それはわかっている。問題はつめきれていないの一言に尽きる」

「それは……承知しています」

「できるか、明日の夕刊には？」

「はい、必ず」

45

土曜日、午前九時三十分。

岩田は加藤家を辞して、ハイヤーに乗り込んだ。運転手に、社へと告げ、座席に深くはまりこんだ。小糠雨《こぬかあめ》が車窓を濡らしていた。

たったいま、会ってきた加藤将光の傲慢《ごうまん》な顔と声が耳朶《じだ》に張りついて消えなかった。加藤将光はいっさいを認めなかった。押しても引いても、頑として口を割らなかった。

どうして……認めない。

ずぶの素人《しろうと》相手だから、かんたんに落とせるとばかり思っていた。しかし完敗だった。これでは打てない。午後には自発的に吉祥寺署へ行かなくてはならない。社のガサ入れなど、どんな事情があるにせよ許されるはずがなかった。

そのとき、携帯が鳴った。相羽からだった。

「キャップ、ようやく出ましたよ」

屈託のない声が耳障りに聞こえた。

「どこ、ほっつき歩いてたんだ」

つい、声を荒らげた。

「怒鳴らなくてもいいじゃないですか。松崎若菜の友人関係をねこそぎ当たってきたんですから」

「いつ、そんな命令をした？」

「ゆうべから七人目で、ようやくビンゴですよ」

「だから、どうした？」

「キャップ、当たったんですね？　加藤将光」

「……ああ」

「で？」

「………」

「だめか……」

「社へもどる。おまえも上がれ」

「ご冗談を。キャップ、このまま白旗上げる気ですか？　まだ、早すぎますよ。白旗上げる前に、ひとつだけ確認してください。それからでも、遅くないでしょ」

岩田は相羽の言っている意味がのみこめなかった。

「補導票、持ってますよね？」

「持ってる」

「それ、本物ですか？」

「どういうことだ？　印鑑も押してあるし、偽だったら意味がないだろ」

「わかりませんよ」

「……だから、どういうことだ？」

「キャップ、もうひと踏ん張りしてみてください。それが本物かどうか、確かめてくれませんか。それがわかったら、ぼくに電話ください。待ってます」

いきなり、電話が切れた。

相羽の言っている意味がわからない。

偽物……いったい、相羽はなにを言いたいのだ。

本物かどうかを確かめろだと……そんなこと、できるはずがないではないか。

いや……ひょっとしたら。

岩田は編集委員の服部純夫に電話を入れて、三鷹音大理事長の吉見忠徳の自宅の電話番号を聞き出した。

46

環八の等々力不動前交差点をすぎて、尾山台変電所の手前の一方通行に入った。道のむこうに、多摩川の堤防が見え隠れしている。広葉樹の森の中に大きなマンションが建っていた。三鷹音楽大学理事長の吉見忠徳の住んでいるマンションだ。

岩田は腕にはめたタグ・ホイヤーを見た。

午前十時十五分。夕刊の締め切りまで、ぎりぎりのタイミングだ。

マンション前で車から降りると、岩田はマンションの玄関ホールに走りこんだ。インターフォンの前で、服部から教わった部屋番号を押す。

男の声で返事があった。

「上がってきて」

言われると、扉が左右に開いた。

飛びこんでエレベーターにおさまった。

十階を押す。

扉が開くと、岩田は上がっていた息を吐いておちつくよう自分に言い聞かせた。一〇六号室の前でドアフォンを鳴らすと、内側からドアが開いた。

吉見が顔をのぞかせた。岩田はあいさつもせず、さっと身を横にして滑りこんだ。

「服部君からというからなんだと思ったら、君か……」

ガウンを羽織ったまま、吉見は岩田の顔を見て言った。

玄関脇の応接間に招き入れられた。

ソファーセットがあるだけの、簡素なものだった。

岩田が奥のソファーに腰かけると、吉見が正対する形ですわった。

本宅は横須賀にあり、ここは大学へ通うために使うマンションだと服部から教えられている。

「急なことで申し訳ありません」

「そう言われてもね、君、こっちだって困るんだよ。君が大学であちこち噂をばらまいたから、保護者から電話がかかりっぱなしだ」

「それは申し訳ありませんでした」

「謝ってすむ問題じゃないぞ、これは」

「ごもっともですが、こちらとしても引けないことがありまして」

「……松崎若菜のことか？」

「彼女がお宅の大学を落ちた、いや、落とされた理由がようやくわかりました。今日は、その確認のためによらせていただきました」

吉見は驚いて、口を半分ほど開けた。

「君、なんと言った？」

「松崎若菜さんが三鷹音大指揮科を落とされた理由です」

岩田はそう言って、山根の書いた松崎若菜の補導票を吉見に渡した。

一瞥《いちべつ》して吉見の様子が変わった。

息をのんで見つめたまま、黒目をせわしなく動かせた。

「ご覧になったことありますね？」

「い……いや」

こめかみをふるわせて吉見は言った。手にした補導票がすいついたように離れなかった。

「理事長、ネタは割れているんです」

「だ……だから君ぃ」

「いいんですか？」

吉見は補導票から目をそらし、腫れ物にさわるように、そっとテーブルにおいた。

「見たことある？　ありますよね？」

「あ……あるよ」

岩田は内心、快哉《かいさい》を叫んだ。

しかし、これだけではだめだ。見たことがあるだけでは。

「この票があったから、松崎若菜さんは落とされた。そうですね？」

吉見は小さくうなずいた。「だからってだよ……」

「だからなんですか？」

「君、仕方ないだろ、こう、はっきりとしたものがあるんだよ。いくら成績が良くたって、通すわけにゃいかんだろ」語尾がきつくなった。「入試の内規に不良学生は入学不可とあるんだよ」

「それは、どこの大学にだってあるでしょ。理事長、この紙切れはどこのだれが持ちこんだんですか？」

「……だれも持ってこないさ、こんなもの」

岩田は驚いて吉見の顔を穴の開くほど見つめた。

「ぼくあてに送られてきたんだよ。入試が終わった直後に」

「どこから？」

「わからん、送り主は書かれてなかった。この紙が一枚、入ってただけだ」

岩田は補導票をとりあげて、吉見の顔の前に持っていった。

「理事長、もう一度、よく見てください。送られてきたものは、これにまちがいありませんか？」

「……何度も見せるなよ」

「まちがいないんですね？」

「それ、それだよ」

「送り主もわからないのに、どうして信用したんですか？」

「君、わからんか？　問いあわせたんだよ。警察にさ。あとで保護者からなに言われるかわからんだろ。そのときのために、そこだけはきちっとしておかないといけなかった。たとえ、送り主がわかろうがわかるまいが」

「警察というと……吉祥寺署？」

「そうだよ。こっちから電話調べて、むこうの代表へかけたよ。副署長の菊地という人が出た。これこれしかじかの補導票があるかどうかって、訊いてみたよ。調べてかけ直すと言って、五分ほどあとに電話がかかってきた。まちがいなくあります、ということだった。あっさりと認めたんで、少し驚いたけどさ」

……やはり、この補導票は本物だった。

「いいかい、君、うちだって松崎若菜には合格してほしかったよ。でも、こうはっきりと動かせない証拠があるんだよ。入学を認めるわけにはいかないだろ」

匿名の送り主から告発されることを恐れて、だ。

岩田はそれだけ聞いて席を立った。

「君、うちとしては仕方なかったんだよ。わかってくれるな、おい、変なこと書かんでくれよ」

「もちろんです」

深くお辞儀をして岩田は吉見宅を辞去した。

半信半疑のままハイヤーにもどると、岩田は相羽の携帯に電話を入れた。

今度はすぐ出た。

「確認できましたか？」

岩田は三鷹音大の理事長に直接当てて、相手が認めたことを話した。

「本物にまちがいないんですね？」

「そうだ。副署長の菊地が認めたんだ。まちがえるわけないだろ」

「キャップ、よく聞いてくださいよ。その補導票が作成された日はいつですか？」

「今年の正月……五日の午後五時十五分」

「その日のことを松崎若菜の母親に訊いてみましたか？」

「……それはおまえが訊いたんだろ？」

「ええ、訊きました。外出していたと言っています。その日は仕事が休みで家にいたから覚えているということでした」

「それなら、まちがいないだろ」

「松崎若菜と同じ高校へ行っていた清水久美という親友がいます。今日の朝、新宿のバイト先でようやく会えました」

「それがどうした？」

「彼女は松崎若菜の無二の親友です。清水は服飾関係の専門学校へ行きましたが、高校時代は、学校でも外でも、ずっと若菜といっしょでした。高校三年生の秋からは、バイト先も同じでした。四谷のコンサートホールです。プランタン四谷って聞いたことありますよね？」

「クラシック専門ホール？」

松崎若菜が見つけてきたバイト先だろう。

「いま、そのプランタンにいます。支配人が横にいます。彼女たちの勤務表を見せてもらっています。それによれば、今年の一月四日から七日までの四日間、若菜と清水久美はここでいっしょに働いています。ちなみに一月五日は、東京フィルの新春コンサート、開場は午後四時ちょうど。若菜は午後一時からきて、オーケストラの準備で走り回っていたそうです。彼女はオーケストラについて熟知しているから、同じバイトで入った五人の女の子を仕切っていたそうです。コンサートが終わったのは夜の九時。それからあとかたづけをして家路についたのは夜の十時。支配人が四谷駅まで車で送っていったそうです」

一月五日……松崎若菜が補導された日、その時間、若菜は別のところにいた……？

「そのときいっしょになったバイトの子、全員に聞きました。松崎さんにいろいろ指図されて疲れたとみな、言っています。まちがいありません。その補導票は偽物です」

岩田は答えることができなかった。

山根は無理やり書かされた……それが真相か？

松崎若菜の顔も声も知らないで。ただ、上司に言われるがまま松崎若菜の名前を書き、住所を記入して押印した。

月島会の頼みとあっては断るのもはばかられた。武蔵野塾に通っている身だ。どうしても生安の刑事になりたい。

補導票一枚くらい、仕方ない。

山根はそう思って応じた。

その結果はどうだ。

松崎若菜の自殺。

それを知って山根は頭を抱えこんだ。若菜を死に追いやったのはほかでもない、この自分なのだと。これを書かせたのは、月島会という邪悪な集まりだと。

それから、山根は人が変わった。月島会に対して憎悪をたぎらせた。自分をここまで追いこんだ理由をつきとめて攻撃に出た。それを月島会は放っておけなくなった。

相羽、おまえが言いたいのはこういうことなのか。

山根の書いた補導票は捏造《ねつぞう》されたものだと。

「キャップ、聞いていますか?」

「……ああ、これで……打てる」

「いまさらなに言ってるんですか。当たり前でしょ。こんな重大犯罪、だれが逃しますか」

「書け」

「書くってなにをです？」

「一面本記だ」

「馬鹿な、キャップが書かなくてどうするんですか？」

「デスクには話しておく。すぐ局に上がって書け。まだ、夕刊には間に合う」

「冗談はやめてくださいよ、なに、言ってるんですか」

「聞け、カッチン、このヤマはおまえのヤマだ」

「おれの……」

「そうだ、おまえのヤマだ。おまえが書くしかない」

「ですが……」

「命令だ。さっさと上がって書け」

それだけ言うと岩田は通話を切った。

47

総務局長室にできあがったばかりの夕刊が届いた。

一面ぶちぬき。

〈仕組まれた殺人事件　一部警官らによる犯行〉

ゴシック十倍、ベタグロの横見出し。補導票と積庵の駐車場の写真。そして吉祥寺署の全景。

相羽の手による本記を読み通す。

NHKのテレビ放送に、〈吉祥寺警官殺しの続報〉と題された臨時ニュースのテロップが流れだした。

〈……井の頭公園で発生した警官殺人事件で、複数の警官が監察から事情聴取を受けている模様……〉

「早いな」

中嶋がつぶやいた。

岩田も驚きを隠せなかった。

夕刊が出ると同時に本部筋から情報が流れるというのは、さすがに事態を重く見た証拠とも言えた。岩田は胸をなでおろした。これで、警察に呼ばれることはないだろう。

「局長、どうします？」

尾形が聞くと、中嶋は、

「総務部長に当たってみる。岩田、安心していいぞ」

総務部長とは警視庁の総務部長のことだ。

「しばらくはむこうの意向もくんで、記事を出さないといけませんね」

「助かります」

尾形がしおらしく言った。

「いや、飛ばせ」

「えっ？」

「これだけのヤマだ、読者は真相を知りたくてうずうずしてる。それに応えられるのはうちだけだ。そうだな、岩田」

「あ……はい」

「ですね、岩田、今日組みの一面と第一第二社会面はまるごと空けておく。好きなだけ書け」

尾形が追従したように言った。

「そうさせてもらいます」

「どう書く？」

「一面は事件のからくり全般と月島会とパチンコ業界の癒着。山根が事件に巻きこまれた事情。第一、第二社会面は『奪われた明日』の見出しで、山根の生い立ちから警官志望の理由、次にトップ合格するはずだった松崎若菜の悲劇、それから、心の弱みにつけこまれた高津省吾。三者を同じ分量で書きます」

「よし、それでいけ」

「首の皮、つながったな」

尾形が言った。

「おかげさまで」

「尾形局長、政治部はもっとだろ？」

中嶋に言われて尾形はつづけた。「そうですな、政治家っていう連中、有権者からドブの水飲めって言われたら、平気で飲んじまうような奴らばかりだからね。そんなのと二十四時間つるんでるんですから、冷や汗かきっぱなしですよ。なあ、岩田、うちにいっぺんきてみるか？」

「遠慮しておきます」

「相変わらず生涯一記者気どりか？　もっと上を目指せ、上を」

岩田は答えなかった。

「おめえにゃ、たっぷり仕事が残ってるだろ。こんなとこで、いつまで油売ってる？　さっさと仕事にかかれ」

体よく総務局長室を追い出された。

デスク会議で三宅のうしろについた。意見らしいものはなく、夜の立ち会いにも参加して、一面ができあがったのを見届けて帰路についた。

何日かぶりに電車を使った。

しのつく雨の中、立会川緑道を歩いて自宅の玄関に立ったのは、午後十一時半を回っていた。

玄関脇の翔太の部屋のドアを開けた。

電球の明かりだけのうす暗い部屋で、翔太はベッドの中に、すっぽりとふとんをかぶり横をむいて寝ていた。岩田はその姿を見て、疲労感を覚えた。気がつくと、翔太のわきに身を投げだしていた。

翔太は起きなかった。小さな鼻息を聞きながら、岩田は翔太の肩に手をあてて、じっと横になった。

うしろで奈津子の呼ぶ声がしたが、起きる気にはなれなかった。

48

五月六日木曜日。ゴールデンウィークも終わりを告げているが、午後の山手線はふだんより、乗客が少なかった。新宿駅で降りた。花屋で白ユリの花束を買い求め、その足で上原第一ビルにむかった。

松崎若菜が自殺してちょうど、ふた月目の月命日。

この二週間、ほぼ毎日のように出てくる月島会関連の記事はおさまる様子がなかった。事件の全容は、岩田の想像していたとおりだった。梅本と小林は山根和敏と高津省吾に対する殺人容疑で逮捕された。菊地をはじめとする月島会のメンバーに対して、警視庁監察の追及は容赦なかった。菊地も殺人容疑で逮捕され、さらに、三名の警視庁生活安全部の警官が同じ容疑で逮捕された。警察庁にも飛び火し、キャリアの審議官が逮捕された。加藤将光は現金を月島会側に贈っていたことが判明し、贈賄罪で逮捕された。残念なことに、殺された山根和敏は二階級特進を剝奪され、虚偽有印公文書作成の罪で、容疑者死亡のまま書類送検された。

上原第一ビルに足を踏みいれた。屋上には、すでに先客がいたようで、左手隅に、花束が三つ、たむけられていた。

岩田もその場所に花束を置き、かがんで合掌した。

そのとき、人影が近づいてきて、鮮やかな花束がすぐ横におかれた。

ロングヘアの加藤麻美が目をつむり、手を合わせた。

岩田は先にうしろへしりぞき、その場で見守った。

長いことかけて弔いをすませ、麻美は岩田をふりかえった。

会釈《えしやく》をしてきたので、岩田もそれにならって頭を下げた。

麻美の顔は二週間前、大学で会ったときと様変わりしていた。父親が事件に関与していたことを知って、かなりダメージを受けたようだ。

しかし、岩田は、こちらを見て動かないでいる麻美に、言葉が浮かばなかった。

「……その節はご迷惑をおかけしました」

麻美は遠慮がちにつぶやいて、もう一度、頭を下げた。

「こちらこそ、ぶしつけなことをしました。いかがですか……その後は」

「はい……」

「若菜さん、あなたのことはいまでも、お友だちと思っていると思いますよ」

「は……はい、そうだといいんですけど……」

麻美の目がさっと赤みを帯びた。

「なにか、不都合なことはありませんか？」

「いえ」

「もし、わたしでよければ、なんなりと仰《おっしゃ》ってくれますか？」

「どうも、ありがとうございます」麻美は遠くを見やった。「このビルの地下ホールでよくミニコンサートをやりました。若菜がフルートを吹いて、わたしはピアノです……では、お先に失礼させていただきます」

深々とお辞儀をして麻美は背をむけた。

「お気を落とさずに」

そう言って見送ると、麻美は思いついたように岩田をふりかえった。

「あの、わたし……学校、退学しました」

岩田は耳を疑った。

「えっ、やめた？」

麻美は深くうなずいてつづけた。

「あっ、ご心配には及びませんから。わたし、家を出ることにしました。それで、来年、もう一度、三鷹音大を受験し直します。それでは、お先に失礼します」

麻美のうしろ姿を見送りながら、あと六年で翔太も、あの年になることを思った。

家にいたければ好きなだけいるがいい。甘えたければ好きなだけ甘えるがいい。少しずつ、少しずつ。

いまは、そう思っている。

参考文献

『ルポ　児童虐待』朝日新聞大阪本社編集局　朝日新書
『パチンコ「30兆円の闇」』溝口敦　小学館文庫
『ルポルタージュ日本の情景　11　事実が「私」を鍛える』斎藤茂男　岩波書店
『ルポルタージュ日本の情景　12　新聞記者を取材した』斎藤茂男　岩波書店
『「新聞記者」卒業』古川利明　第三書館
『大人のための東京散歩案内』三浦展　洋泉社新書ｙ
『これが指揮者だ』斎藤純一郎　音楽之友社
『指揮のテクニック』クルト・レーデル　杁山直樹　音楽之友社
『警官は狙いを定め、引き金を弾いた』黒木昭雄　草輝出版

殺人予告《さつじんよこく》

朝日文庫

2018年5月30日　第1刷発行

著　者　安東能明《あんどうよしあき》

発行者　須田　剛

発行所　朝日新聞出版

〒104-8011　東京都中央区築地5-3-2

電話　03-5541-8832（編集）

03-5540-7793（販売）

印刷製本　大日本印刷株式会社

ISBN978-4-02-264886-0

荻原　浩
愛しの座敷わらし　(上)(下)
家族が一番の宝もの。バラバラだった一家が座敷わらしとの出会いを機に、その絆を取り戻していく、心温まる希望と再生の物語。《解説・水谷　豊》

貫井　徳郎
乱反射
《日本推理作家協会賞受賞作》
幼い命の死。報われぬ悲しみ。決して法では裁けない「殺人」に、残された家族は沈黙するしかないのか？　社会派エンターテインメントの傑作。

貫井　徳郎
私に似た人
テロが頻発するようになった日本。事件に関わらざるをえなくなった一〇人の主人公たちの感情を活写する、前人未到のエンターテインメント大作。

今野　敏
天網《てんもう》
TOKAGE《トカゲ》2　特殊遊撃捜査隊
首都圏の高速バスが次々と強奪される前代未聞の事態が発生。警視庁の特殊捜査部隊が再び招集され、深夜の追跡が始まる。シリーズ第二弾。

今野　敏
連写
TOKAGE　特殊遊撃捜査隊
バイクを利用した強盗が連続発生。警視庁の覆面捜査チーム「トカゲ」が出動するが、なぜか犯人の糸口が見つからない……。《解説・細谷正充》

今野　敏
精鋭
新人警察官の柿田亮は、特殊急襲部隊『SAT』の隊員を目指す！　優れた警察小説であり、青春小説・成長物語でもある著者の新境地。

吉田　修一
平成猿蟹合戦図

歌舞伎町のバーテンダー浜本純平と、世界的チェロ奏者のマネージャー園夕子。別世界に生きる二人が「ひき逃げ事件」をきっかけに知り合って。

堂場　瞬一
暗転

通勤電車が脱線し八〇人以上の死者を出す大惨事が起きた。鉄道会社は何かを隠していると思った老警官とジャーナリストは真相に食らいつく。

伊坂　幸太郎
ガソリン生活

望月兄弟の前に現れた女優と強面の芸能記者⁉ 次々に謎が降りかかる、仲良し一家の冒険譚！ 愛すべき長編ミステリー。《解説・津村記久子》

小川　洋子
ことり

《芸術選奨文部科学大臣賞受賞作》

人間の言葉は話せないが小鳥のさえずりを理解する兄と、兄の言葉を唯一わかる弟。慎み深い兄弟の一生を描く、著者の会心作。《解説・小野正嗣》

森見　登美彦
聖なる怠け者の冒険

《京都本大賞受賞作》

宵山で賑やかな京都を舞台に、全く動かない主人公・小和田君の果てしなく長い冒険が始まる。著者による文庫版あとがき付き。

さだ　まさし
ラストレター

聴取率〇%台。人気低迷に苦しむ深夜ラジオ番組を改革しようと、入社四年目の新米アナウンサーが名乗りを上げるのだが……。《解説・劇団ひとり》